KB232852

프랑스 시
43 작가와의 만남

중 세 에 서 2 1 세 기 초 까 지

KSI 한국학술정보㈜

프랑스 시
43 작가와의 만남

중세에서 21세기 초까지

이신자 지음

KSI 한국학술정보㈜

　그들 고유의 언어 속성과 사상 그리고 문화를 알기 위해 낯섦을 다소나마 친숙함으로 바꾸려 하며 다가가는 프랑스 문학, 자국 문학에 대한 자부심이 무척이나 크다고 하는 프랑스인들의 문학, 그 문학을 이루는 여러 장르 중에 특히 시 장르의 탐구에 매진하는 일은 그리 쉽지 않다. 타인의 것을 알아 나의 것을 발전시키며 이를 다시 그 원지점으로 돌려보낸다는 의미도 지니는 외국 시문학 탐색에는 어려움과 보람 또는 즐거움 등 여러 묘한 정서들이 늘 따르게 된다. 대학에서 학생들에게 프랑스 시를 소개하며 필자는 바로 그러한 복합적인 정서를 그들과 함께 공유하기를 원한다. 형식과 내용 면에서 완벽한 작품만을 쓰려고 하는 프랑스 시인들의 엄청난 열정에 감탄하기를 여러 번, 그래서 그들의 열정을 학생들에게 보여주려는 것도 프랑스 시 수업의 한 목적이다.

　이 책은 그와 같은 목표들에 부응해서 프랑스 시 학습에 관한 학생들의 보다 다양한 반응을 효율적으로 얻어내기 위해 각 작가와 그들의 작품을 필자가 여러 자료를 참고하여 나름대로 정리해서 제시한다. 프랑스 시가 대략 그 형태를 드러내기 시작했던 중세 시대부터, 유럽의 다른 나라 문학에 비해 특히 프랑스 문학이 가장 화려

했던 19세기와 20세기 그리고 지금 현재 21세기 초엽까지 각 시대별로 주목받는 시인들과 작품들이 이 책에서 소개된다. 영웅담을 노래한 『롤랑의 노래』 이래로 웃음과 눈물로 얼룩지는 적나라한 삶의 단면을 보여주는 15세기의 프랑수아 비용, 칠성시파의 주동이 되어 프랑스인의 민족정서로 연애 감정을 노래한 16세기 르네상스 시대의 피에르 드 롱사르, 동물 이야기를 통해 인간 사회의 모든 면을 풍자한 라퐁텐, 고대의 정취 아래 새로운 영감으로 미래의 시를 보여준 18세기의 셰니에, 사랑의 아픔을 노래한 뮈세와 상징주의 시파를 이끌어간 보들레르, 말라르메, 베를렌, 랭보 등의 19세기 시인들 그리고 제1차, 2차 세계대전을 겪으며 형이상학의 독자적인 시 영역을 구축한 발레리, 초현실주의 시를 예고한 아폴리네르 등 20세기 초·중반의 시인들, 사물의 세계를 깊이 탐색한 퐁주, 글자들이 종이 위에 남긴 여백에 의미를 준 뒤 부셰 등 거의 20세기 말까지 활동했던 시인들, 아직 본인들의 작품세계를 계속 구축하고 있는 본느프와와 자코테 등 20세기와 21세기 두 시대를 살아가고 있는 시인들, 이 모든 작가의 시가 이 책 속에서 필자의 관점에 따라 설명되며 서로 만나고 있다.

문학사에 올라온 시인들은 모두 각 시대를 대표하는 주요 작가들이지만 이 책은 필자의 박사학위 논문 전공 시인인 이브 본느프와를 위시해서 프랑스 시의 역사적 발전과정 선상에 뚜렷이 서 있는 43작가들만을 그들의 출생연도 순서에 따라 번호를 정해 소개한다. 이 책은 각 시인마다 그들의 생애와 작품 경향을 살펴보고 괄목할 만한 시 작품을 한두 편씩 소개하는 것으로 구성되어 있다.

그리고 시인들 각자에 관한 개별적인 설명이나 그들 작품 번역에서 미비점이 있다면 이를 보완하는 것은 필자의 숙제로 남겨둔다.

이번에도 이 책의 출판을 기꺼이 맡아주신 한국학술정보(주)의 사장님 이하 여러분께 다시 한 번 심심한 감사의 말씀을 드린다.

2012년 여름
이신자

Contents

머리말 4

01
중세 유럽 무훈시 대표작,
『롤랑의 노래』

유럽의 중세 시대는 기독교 문명과 이슬람 문명의 암투를 배경으로 한 장편의 서사시들이 많이 나온 시기다. 전투에 참여하는 영웅들의 용맹과 희생정신을 찬양하고 국왕이나 봉건 제후들에 대한 그들의 충성을 노래하는 서사적 무훈시들이 그 시대에 많이 쓰였다. 무훈시들은 그런 역사적 사건을 겪은 민중들 간의 담화를 통해 퍼져 나간 것일 수 있고, 또는 기독교적인 봉건사회의 테두리 안에서 작가 역량을 지닌 사람들이 그들의 상상력을 동원하여 사건들을 기술한 것일 수도 있다. 이들 무훈 서사시들은 현재 80여 편만이 남아 있다고 한다.

중세 시대의 프랑스에서도 봉건체제하에서의 역사적 사실들을 노래한 무훈시들이 나왔는데, 1100년경에 나온 『롤랑의 노래 *La Chanson de Roland*』가 대표작품이라 할 수 있다. 이 작품은 독일에서 1200년경에 쓰인 중세 게르만 민족 서사시 『니벨룽겐의 노래 *Das Nibelungenlied*』보다 100년 정도 더 일찍 쓰여서, 중세 유럽의 무훈시들 중 가장 오래된 것이다.

『롤랑의 노래』에서 언급되고 있는 롤랑Roland이라는 이름은 이미 9세기부터 몇몇 자료에서 나타나고 있어, 이때부터 민중들이 구두로 이 노래를 했고, 이후 12세기 초에 비로소 누군가 이를 글로 쓴 것이 아닌지 추측되고 있다. 이 작품의 작가는 미상이지만, 노래의 마지막 시행에서 튀롤드Turold라는 이름이 나오기 때문에[1] 이 인물이 혹시 노래의 원고를 베낀 사람이거나 또는 노래를 직접 부른 사람일 수 있다는 가정도 나오고 있다. 총 7개의 판본들 중에서 옥스퍼드 판본이 1100년경에 쓰인 원본과 가장 가까운 것으로 여겨지고 있다. 이 판본은 4,002행의 시행들로 되어 있는데 각 시행은 거의 산문시를 연상시킬 정도로 길이가 불규칙한 시절laisse 형식을 지닌다.

불규칙한 시 형식 속에서 그 작품은 778년 8월 15일에 롱스보 Roncevaux에서 일어난 전투를 대규모의 서사적 이야기식으로 말하고 있다. 아랍인들, 즉 사라센 사람들과 유럽 기독교국들과의 7년 전쟁이 끝나자 샤를마뉴Charlemagne의 프랑스 군은 바스크족인 마르실Marsile 왕과 협상을 하여 그가 지배하는 사라고스Saragosse를 제외한 스페인 전체를 되찾는다. 협상 후 샤를마뉴 군대가 프랑스로 돌아올 때 그의 부하 가늘롱Ganelon이 배신을 해서, 롤랑이 이끄는 별로 많지 않은 후방부대가 피레네 산맥의 롱스보 협곡에서 바로 그 바스크족으로부터 공격을 받는다. 롤랑의 친구이고 각료인 올리비에Olivier는 롤랑에게 빨리 뿔피리를 불어 앞서 가고 있는 샤를마뉴에게 구원을 요청하라고 하지만 롤랑은 이를 듣지 않고 용감

---

[1] 그 노래의 마지막 4,002행을 보면 이렇게 되어 있다: "Ici finit la geste que décline Turold 여기서 튀롤드가 하는 이야기가 끝난다"(*La Chanson de Roland*, extraits, traduits d'après le Manuscrit d'Oxford, avec des notices par Fernand Flutre, Paris, Hachette, 1935, p.76).

히 싸우다가 전사한다. 이런 전체 내용 중에서 특히 롤랑과 올리비에가 구원을 요청하는 문제를 놓고 대화하는 장면은 두 사람이 기사도 정신을 서로 다른 식으로 실천하는 것을 보여주고 있어 주목할 만하다.

Roland est téméraire et Olivier réfléchi. L'un comme l'autre ont une merveilleuse bravoure. Une fois à cheval et en armes, jamais la peur de la mort ne leur fera esquiver la bataille. Les deux comtes sont courageux et leurs paroles fières. Les traîtres païens chevauchent pleins de fureur. Olivier remarque: «Roland, voyez leur nombre. Eux sont très près de nous mais Charles est bien trop loin. Vous n'avez pas daigné sonner de votre cor mais, si le roi était là, nous ne subirions pas de perte. Regardez là-haut vers les défilés d'Espagne. Vous pouvez voir: pitoyable est l'arrière-garde; celui qui en fait partie ne sera jamais d'aucune autre.» Roland lui répond: «N'exagérez pas à ce point! Maudit soit le coeur qui flanche dans la poitrine! Nous tiendrons bon sur place. À nous les coups et les mêlées!»

(laisses 87, La Chanson de Roland)

롤랑은 무모하고 올리비에는 생각이 깊다. 두 사람 모두 놀라울 정도로 용감하다. 일단 말을 타고 무기를 들면 그들은 결코 죽음에 대한 두려움 때문에 전투를 회피하지는 않을 것이다. 두 영주는 담대하고 그들의 말투는 대담무쌍하다. 이교도 배신자들이 격분해서 말을 타고 온다. 올리비에가 말한다. "롤랑이여, 그들의 수효를 보시오. 그들은 아주 우리 가까이 있는데 샤를은 참으로 너무 멀리 있소. 그대가 뿔피리를 불어주지 않았군요. 왕이 여기 있다면 우리가 병력손실을 입지는 않을 텐데 말이오. 저기 위, 스페인 협로 쪽으로 보시오. 후미부대가 몹시 가련한 상황에 있음을 알 수 있겠지요. 지금 후미부대에 소속되어 있는 사람은 앞으로 결코 어떤 다른 후미부대에도 있게 되지 못할 것이오." 롤랑이 대답한다. "그렇게까지 지나친 말을 하지는 마시오! 가슴 속에서 사기가 꺾이는 자에게 저주가 내리기를! 우리는 이 자리에서 꿋꿋이 저항할 것이오. 공격전과 난투전은 바로 우리가 벌일 것이오."

(시절(詩節) 87, 『롤랑의 노래』)

종교 면에서 보면 그 노래는 기독교 군대와 이슬람교 군대의 대전에서 결국 기독교 군의 승리를, 기독교의 우월성을 말하려는 것이라 할 수 있다. 다른 한편으로 보면, 그 노래는 용감한 군인들인 롤랑과 올리비에의 성격과 태도를 대비시키려는 듯하다. 대병력의 적군이 다가오는 위급한 상황에서, 롤랑과 올리비에는 모두 왕과 나라에 대한 극진한 충성심을 가지고 있어도 이를 다르게 실천하려 하기 때문이다. 롤랑은 구원 요청을 하기보다는 죽더라도 끝까지 용감하게 싸우는 데서 기사의 명예를 지키려 하고 있고, 올리비에는 구원을 받아들이는 지혜를 발휘하며 용맹을 실천하는 데 기사의 명예가 있다고 보는 것이다. 이처럼 전투에 대처하는 두 장수의 방법이 다소 다른 것을 보여줌으로써 그 작품은 중세풍의 다양한 기사도 정신을 찬양하는 무훈시로 성립될 수 있다.

중세 유럽 무훈 문학작품 약력:

1100년경, 『롤랑의 노래』, 프랑스, 장편 서사시.
1100년경, 『아서왕의 이야기』, 영국, 산문 영웅담.
1200년경, 『니벨룽겐의 노래』, 독일, 영웅 서사시.

02
참회의 시인,
프랑수아 비용(1432경~1463 후)

본명 프랑수아 드 몽코르비에François de Moncorbier를 버리고 사제인 양아버지에게서 프랑수아 비용François Villon이라는 이름을 얻은 시인은 파리 문과대학생 시절 자유분방한 생활을 하고, 후에는 싸움질, 살인 등으로 인해 교수형 선고 등 크고 작은 유죄판결을 받으며 감옥을 수시로 드나들었다. 1463년부터는 자취도 없이 사라져 그가 언제 세상을 떠났는지 아는 사람이 없을 정도로 그의 생활은 무질서했고 사회에서 소외되었다. 불한당 같은 그의 생활태도는 어쩌면 사회와 인간의 고통스러운 삶에 대한 반항이고 인간에게 주어지는 시간과 죽음을 도피하려는 것일 수 있다. 실제로 그의 시 작품들은 중세의 신 중심 사고에 따라 죄, 고통, 하나님, 은총, 용서, 회개 등을 주요 테마로 하면서도 중세풍의 사고를 벗어나 풍부한 상상력과 서정성으로 사회의 위선을 고발하고 인생의 열정과 존재의 본질을 탐색한다. 시의 이와 같은 측면들로 해서 그는 인간 중심 위주의 르네상스 시대로 가는 길목의 첫 근대 시인으로 꼽히고 있고 특히 보들레르Baudelaire에 의해 높이 평가받기도 했다.

우스꽝스럽고 아주 보잘것없는 자신의 소품들을 나누어준다며 빈

정거리는 풍자 투로 쓴 유산상속에 관한 시집들『유증 *Lais*』(1456)과
『유언집 *Testament*』(1461∼1462) 그리고 기타 여러 회개하는 시로
이루어진『모음시집 *Poésies diverses*』(1457∼1463)이 중세의 고전적인
면과 다가올 16세기 초기의 근대적인 면을 동시에 보여주고 있어
그의 시 경향을 짐작케 한다.

　시집『유언집』에 수록된 시 한 편을 본다.

Au retour de dure prison,
Où j'ai laissé presque la vie,
Se Fortune a sur moi envie,
Jugez s'elle fait méprison!
Il me semble que, par raison,
Elle dût bien être assouvie
　　　Au retour.

Se si pleine est de déraison
Que veuille que du tout dévie,
Plaise à Dieu que l'âme ravie
En soit lassus, en sa maison,
　　　Au retour!

('Chanson', *Le Testament*)

내가 거의 목숨을 잃을 뻔했던
견디기 힘든 감옥에서 돌아올 때
운명이 나를 질투한다면
운명이 얼마나 착각하는지 생각 좀 해보시오!
내가 생각하기로 이성에 따라

운명은 족히 만족해야만 할 것 같소.
　　　감옥에서 돌아올 때.

운명이 하도 이성을 잃어
내가 아주 죽기를 원한다면
천국으로 간 내 영혼이
그 집 높은 곳에 있으면 좋으련마는.
　　　감옥에서 돌아올 때!

(「샹송」, 『유언집』)

　　이 시는 비용이 1461년경 한 차례 감옥에서 나온 후 쓴 작품인 듯하다. 시는 16세기에 유행할 정형단시인 롱도Rondeau 형식 속에서 "나"라는 주체의 입을 통해 시인의 아픈 "운명"을 말하고 있다.
　　비용이 그의 잘못된 인생행로에 대해 직접 참회하는 듯한 시도 있다. 「사형수들의 발라드 Ballade des pendus」라는 부제목이 붙은 「비용의 묘비명 L'Épitaphe Villon」이 그것이다.

Freres humains qui après nous vivez,

N'ayez les cuers contre nous endurcis,

Car, se pitié de nous povres avez,

Dieu en aura plus tost de vous mercis.

Vous nous voiez cy attachez cinq, six:

Quant de la chair, que trop avons nourrie,

Elle est pieça devorée et pourrie,

Et nous, les os, devenons cendre et pouldre.

De nostre mal personne ne s'en rie;

Mais priez Dieu que tous nous vueille absouldre!

Se freres vous clamons, pas n'en devez

Avoir desdaing, quoy que fusmes occis

Par justice. Toutesfois, vous sçavez

Que tous hommes n'ont pas bons sens rassis;

Excusez nous, puis que sommes transsis,

Envers le fils de la Vierge Marie,

Que sa grace ne soit pour nous tarie,

Nous preservant de l'infernale fouldre.

Nous sommes mors, ame ne nous harie:

Mais priez Dieu que tous nous vueille absouldre!

La pluye nous a debuez et lavez,

Et le soleil dessechiez et noircis;

Pies, corbeaulx, nous ont les yeux cavez,

Et arrachié la barbe et les sourcis.

Jamais nul temps nous ne sommes assis;

Puis ça, puis la, comme le vent varie,

A son plaisir sans cesser nous charie,

Plus becquetez d'oiseaulx que dez a couldre.

Ne soiez donc de nostre confrairie;

Mais priez Dieu que tous nous vueille absouldre!

Prince Jhesus, qui sur tous a maistrie

Garde qu'Enfer n'ait de nous seigneurie:

A luy n'ayons que faire ne que souldre.

Hommes, icy n'a point de mocquerie;

Mais priez Dieu que tous nous vueille absouldre!

('L'Épitaphe Villon', Poésies diverses)

우리가 죽은 후 살게 될 형제들이여,
우리에 대해 무정한 마음을 갖지 마시오.
그대들이 우리 가련한 자들을 불쌍히 여기면
하나님이 곧 그대들에게 더 자비를 베푸실 테니.
우리들 여기서 대여섯 명씩 매달려 있는 걸 보시오.
너무 살찌운 우리의 육체,
그것은 오래전부터 뜯어 먹히고 썩어져
우리들, 우리의 유골들은 재가 되고 먼지가 되고 있소.
아무도 우리의 고통을 비웃지 말지니.
하나님께 기도나 해주시오. 우리 모두의 죄를 용서해달라고!

법에 의해 우리 처형될지라도,
우리가 그대들을 형제라 부르면
이를 업신여겨서는 아니 되오. 아무튼 그대들은 알지요
사람들 모두에게 온갖 사려분별이 있지는 않다는 것을.
우리 이미 죽어 있으니 용서를 구해주시오
성모 마리아의 아들에게,
지옥의 불길로부터 우리를 지키며
그의 은총이 우리를 위해 마르지 않도록.
우리는 죽은 자들, 아무도 우리를 모욕하지 말기를.
하나님께 기도나 해주시오. 우리 모두의 죄를 용서해달라고!

빗물이 우리를 닦아 씻기고
태양이 우리를 말려 검게 그을게 했소.
까치와 까마귀가 우리 눈을 파헤치고
수염과 눈썹을 뽑았소.
우리는 한순간도 자리 잡고 있지 못하오.
여기저기로, 바람이 불며

제멋대로 우리를 줄곧 흔드는 대로 따라다니며
새들에게 골무보다 더 잘게 쪼아 먹힌다오.
그러니 우리처럼 되지 마시오.
하나님께 기도나 해주시오. 우리 모두의 죄를 용서해달라고!

모든 이를 다스리는 주 예수님이여,
지옥의 군림 아래 있지 않도록 우리를 돌보아주소서.
거기서는 우리가 할 것도 지불할 것도 없도록 해주소서.
사람들이여, 이는 지금 전혀 조롱할 일이 아니오.
하나님께 기도나 해주시오. 우리 모두의 죄를 용서해달라고!

(「비용의 묘비명」, 『모음시집』)

원시는 10음절씩의 각 10행으로 이루어진 처음 세 개의 연과 5행의 반연(또는 발구)으로 된 마지막 네 번째 연으로 구성되어 있다. 시인은 헌정한다는 의미에서 반연으로 시를 닫고, 또 각 연의 끝 행들을 후렴으로 사용하고 있다. 거의 동일한 구조의 연들로 구성된 이러한 시 형식은 14세기에 이미 확립된 것으로 흔히 민요풍의 시에 적용된다. 본 번역시는 원작시의 세 개의 연과 마지막 발구의 시행들 수를 맞추고 후렴들과 구두점들을 가능한 한 보존하는 선에서 원래의 형식을 지키며 시의 뜻을 전달하려 한다. 원시의 의미는 시인이 교수형 선고를 받은 후 이 시를 썼다는 데서 쉽게 이해될 수 있을 것이다. 시의 주체로 돌아와 그는 자신과 같은 상황의 사형수들과 "우리"라는 한 동일체가 되어 자신과 그들의 과오에 대해 신과 생존자들에게 용서를 구하고 있다. 온갖 불량한 행위들을 즐긴 그가 삶의 마지막 순간에 한 참된 회개는 그의 불안한 심리 상태만큼이나 그의 시적 서정성 또한 깊다는 것을 말해준다.

작가 약력:

1432년경, 프랑수아 드 몽코르비에라는 이름으로 파리에서 출생. 이후 사제
        인 양아버지의 성을 따라 프랑수아 비용으로 불림.
1452년, 소르본 대학교에서 문학 전공.
1455년, 어느 한 신부를 결투 끝에 죽을 만큼 부상 입힘. 이때부터 절도 등
        잡다한 범죄를 저지르고 투옥되는 등 무질서한 생활을 함.
1462년, 교수형을 선고받음. 재판부에 호소하여 10년 추방으로 감형 받고 파
        리를 떠남.
1463년 이후 그의 행적은 알려지지 않음.

03
대압운파, 문장학의 시인, 클레망 마로(1496~1544)

클레망 마로Clément Marot는 중세의 전통적인 사상에 기반을 둔 시인이나 혁신적인 것을 좋아해 종교개혁 등 신교의 전파를 긍정적으로 받아들였다. 이단으로 몰려 1526년과 1527년 두 번이나 감옥에 들어갔고, 1534년에는 구교에 반대하는 벽보를 궁궐에 붙여 외국으로 강제 추방되기도 했다. 후에는 신교의 입장을 포기해 프랑스로 다시 돌아오게 되나, 「지옥 L'Enfer」이라는 그의 작품이 신교를 옹호하고 당시의 재판 상황을 비난한다는 이유로 그는 다시 프랑스로부터 쫓겨나 제네바와 토리노 등에서 편력하는 삶을 살았다.

그의 시는 그의 삶만큼이나 새로운 것을 추구하고 있어 남프랑스 문학과 북프랑스 문학을 통일하는 계기가 되었고, 또한 후에 다가올 르네상스 시대의 정서를 미리 보여준다는 가치도 지닌다. 후자의 예를 들면, 그의 시 작품들은 실제로 궁궐의 안락한 생활상들을 재치 있고 익살스럽게 표현하여 중세의 시 의식을 다소 벗어나려고 한다. 시의 음절 수에 의한 리듬의 혁신을 이루지 못하고 중세풍의 시 의식과 형식을 그대로 유지하는 면도 있으나, 그의 작품들은 각운 맞추기에 뛰어난 재치를 보여주고 또 익살스러운 이야기 투의 용어들로 명백한 표현형식을 만들면서 난삽한 감정을 지적으로 드러내고 있다. 이런 점들로 해서 그의 시는 17세기 고전주의 시대와 18세기 계몽주의 시대에 라 퐁텐La Fontaine과 볼테르Voltaire 등에게 영향을 주는 등 새로운 장을 열었다.

친근하고 독특한 물건들과 자연요소들 그리고 여자 육체의 특정 부분을 찬양하는 그의 짧고 일정하지 않은 길이의 묘사시들은 문장학(blason, 紋章學)이라는 특별한 시 형식을 유행시키고, 시구가 아닌 시행으로 구성된 편지 형식의 서한체 시들은 어떤 상황에 시사적인 성격을 부여하면서 당시의 세태를 풍자하기도 한다. 그의 서한체 시 작품들 중 대표작품은 바로 다음의 시라 할 수 있다.

En m'ébattant je fais rondeaux en rime,

Et en rimant bien souvent je m'enrime:

Bref, c'est pitié d'entre nous rimailleurs,

Car vous trouvez assez de rime ailleurs,

Et quand vous plaît, mieux que moi rimassez.

Des biens avez et de la rime assez.

Mais moi, à tout ma rime et ma rimaille,

Je ne soutiens (dont je suis marri) maille

Or ce me dit (un jour) quelque rimart:

«Viens çà, Marot, trouves-tu en rime art

Qui serve aux gens, toi qui as rimassé?

-Oui vraiment (réponds-je) Henri Macé,

Car, vois-tu bien, la personne rimante,

Qui au jardin de son sens la rime ente,

Si elle n'a des biens en rimoyant,

Elle prendra plaisir en rime oyant

Et m'est avis que si je ne rimois

Mon pauvre corps ne serait nourri mois,

Ne demi-jour. Car la moindre rimette,

C'est le plaisir, où faut que mon ris mette.»

　Si vous supplie, qu'à ce jeune rimeur

Fassiez avoir un jour par sa rime heur.

Afin qu'on die, en prose, ou en rimant:

«Ce rimailleur, qui s'allait enrimant,

Tant rimassa, rima et rimonna,

Qu'il a connu quel bien par rime on a.»

('Petite épître au roi', L'Adolescence clémentine)

　즐거운 마음으로 저는 각운의 정형 단시를 짓고

또 아주 종종 운을 맞추며 시를 짓지요.

요컨대, 저희들 서투른 시인들이란 딱한 자들입니다.

폐하는 정말로 다른 운을 많이 찾아내시고

마음에 들면 저보다도 더 운을 아주 잘 맞추시기 때문이지요.

폐하는 많은 재물을 가지시고 운도 부족함이 없이 맞추십니다.

하지만 저는요, 운과 서투른 시가 전부이고 그 외에는

(유감스럽게도) 잔돈 한 푼 없지요.

　그런데 (어느 날) 어떤 운의 기술을 말해주는 걸 저는 들었지요.

"이리 오게 여보게, 마로, 사람들에게 쓸모 있는

운 기교 부리는 데 몰두하나, 자네 말이야 운을 꽤 맞추어 썼네 그려?

－(제가 대답하지요) 그렇고말고, 앙리 마세.

자네도 잘 알다시피, 운을 맞추는 사람,

자기 감각의 뜰에서 운을 붙이는 자는

시를 지으면서도 재물이 없으면

능숙하게 운을 맞추는 데서 기쁨을 느낄 것이기 때문이고,
또 내가 운에 맞게 시를 짓지 않으면 나의 초라한 육신이
한 달은 물론 반나절도 유지되지 못하리라고
나는 생각하기 때문이지. 가장 하찮은 운이라도
그것은 틀림없이 나의 웃음소리가 주는 그런 기쁨이기 때문이네."
　　그러니 폐하께 간청합니다, 이 젊은 서투른 시인에게
그의 행복의 시로 광명을 얻게 해주십사고.
산문으로든 운문으로든,
"줄곧 시를 짓곤 했던 이 서투른 시인,
그는 운을 통해 어떤 행복을 느낄 수 있는지 알았던 만큼
시를 썼고, 썼고 또 썼다"라고 말씀드리지요.
　　　　　（「왕에게 보내는 단문 서한시」,『클레망의 청춘시집』）

『클레망의 청춘시집』(1532~1534)에 수록된 이 시는 프랑수아 François 1세에게 경제적 지원을 요청하는 것으로, 익살스럽고 능란한 그의 시 쓰는 기교에 감탄해서 왕이 그의 청을 들어주었다고 할 만큼 대수사학파의 시 예술을 유감없이 보여주고 있다. 실제로 시 원문의 각운들은 "en rime", "m'enrime", "rimailleurs", "rime ailleurs", "rimassez", "rime assez", "rimaille", "maille", "rimart", "rime art", "rimassé", "Macé", "rimante", "rime ente", "rimoyant", "rime oyant", "rimois", "mois", "rimette", "ris mette", "rimeur", "rime heur", "en rimant", "enrimant", "rimonna", "rime on a" 등으로 되어 있어 시인의 운 맞추는 특별한 재주를 보여준다. 자기의 개인어들을 만들거나 또는 없는 것 같은 인물(예를 들면, 앙리 마세Henri Macé)을 창조하는 등 운을 맞추기 위해 그는 온갖 기교를 부리고 있다. 그 시에서는 이런 기교만이 중시되는 듯해도 사실 문장은 남프랑스적인 데가 있어 순진하고 이해

하기 쉬운 그러면서도 열정적인 의미의 용어들로 이루어져 있다. 따라서 그 시가 시적인 영감 없이 그저 말장난이나 하며 재치만 부리는 그러한 시작법에서 나왔다고 할 수는 없을 것이다.

작가 약력:

1496년, 압운파 시인인 장 마로에게서 태어남.
1516년, 프랑수아 1세에게 주목받고 왕의 누이 나바르의 보호를 받게 됨.
1526년, 신교 옹호로 인해 감옥에 들어감.
1527년, 신교 옹호로 다시 투옥.
1532~1534년, 『클레망의 청춘시집』 출간.
1534년, 구교 반대 벽보 사건에 의해 외국으로 강제 추방됨.
1537년, 프랑스로 돌아옴.
1542년, 작품 「지옥」이 마로 본인도 모르는 사이 출간되어 소르본 대학이 『30개의 시편』(1541년 작) 판매를 금지시킴. 제네바로 달아나 칼뱅을 만남.
1544년, 토리노에서 사망.

04
페트라르카에 심취한 리옹의 시인,
모리스 세브(1500?~1562경)

모리스 세브Maurice Scève는 리옹Lyon에서 태어나 아비뇽Avignon 에서 공부했고 성인이 되어서는 사교계 생활과 학구적인 생활을 병행하며 창작활동에 전념했다. 그는 프랑스식 르네상스 시풍의 발상지인 리옹에서 시 학파를 이끌며 중세의 전통과 플라톤 철학 그리고 이탈리아 시인 페트라르카Petrarca(1304~1374)의 시에 심취했다. 특히 인본주의 사상을 부각시키며 그가 흔히 사용한 페트라르카식의 시작법은 훗날 페트라르카를 모방하려는 뒤 벨레Du Bellay 등의 플레이아드Pléiade 시파에 직접적으로 영향을 주었다. 페트라르카 연구에 깊이 관여하면서 1533년에 그는 이 외국 시인의 작품 『칸초니에레 *Canzoniere*』에 언급되는 로라Laure라는 여인의 무덤을 발견했다고 주장하기도 했다. 1534년에 그는 블라종Blason(대상을 찬양하거나 풍자하는 16세기 시 형식) 콩쿠르에서 상을 받으며 시인으로 유명해졌다.

그의 작품으로는 『델리, 보다 더 높은 미덕의 대상 *Délie, objet de plus haute vertu*』(1544)을 위시해서 이탈리아풍의 목가적인 서정시 『유총곡 *Saulesaye*』(1547)과 천지창조에 관한 9,000행의 철학 시 『소우주 *Microcosme*』(1562)가 있다. 이 중에서 가장 많이 알려진 시집『델리』는 세브가 사랑했던 리옹학파의 페르네트 뒤 기예Pernette du Guillet(1520~1545)라는 부인과 페트라르카의 연인 로라를 동시에 상기시키고 있다. 그 시집은 이 두 여인을 상징하는 "델리"라는 주인공을 통해 신플라톤주의적인 사랑을 노래한다.

그의 시 작품들은 전반적으로 순수한 이미지를 상징적인 수법으로 표출시켜 마치 19세기의 상징파 말라르메Mallarmé의 시처럼 난해하다는 평을 흔히 받는다. 『델리』에 수록된 다음의 시는 그렇지만 명쾌한 어휘와 문장구조 속에서 비교적 선명한 이미지를 그려내고 있다.

> La blanche Aurore a peine finissoit
> D'orner son chef d'or luisant, et de roses,
> Quand mon Esprit, qui du tout perissoit
> Au fons confus de tant diverses choses,
> Revint a moy soubz les Custodes closes
> Pour plus me rendre envers Mort invincible.
>   Mais toy, qui as (toy seule) le possible
> De donner heur a ma fatalité,
> Tu me seras la Myrrhe incorruptible
> Contre les vers de ma mortalité.

(378, Délie)

> 반짝이는 그의 황금빛, 장밋빛 수장(首長) 장식하기를
> 하얀 여명은 겨우 마치고 있었지.
> 그때 그토록 잡다하게 늘어놓은 사물들 속에서

전혀 사라지지 않고 있던 생각이

거역할 수 없는 죽음에 대해 더 이상 굴복하지 않으려

제단 옆 닫혀 있는 장식 휘장 아래서 다시 머리에 떠올랐네.

　　하지만 나의 운명에 행운을

줄 수 있는 건 그대, 오직 그대뿐,

죽어야 할 내 운명의 시와 반대로

그대는 내게 썩지 않는 몰약(沒藥)이 되리라.

(378편, 『델리』)

시집 『델리』에는 447편의 시가 수록되어 있는데 각각의 시는 각 행이 거의 8음절이나 10음절로 된 8행시 또는 10행시로 되어 있고 네 종류의 운을 지니고 있다. 이러한 형식으로 해서 이 시집의 작품들은 페트라르카풍을 모방한 최초의 프랑스 칸초니에레라고도 불린다. 위에 소개된 시를 보면 실제로 "finissoit"와 "perissoit", "roses"와 "choses", "closes", "invincible"과 "possible", "incorruptible" 그리고 "fatalité"와 "mortalité" 등의 어휘들이 네 유형의 각운을 이루고 있고 열 개 행 각각이 10음절 형식을 취하고 있다.

"델리"라는 여주인공이 시인과 함께 리옹학파에서 활동했던 그의 연인을 상징한다는 점에서 보면 위의 시는 그러한 형식 속에서 어쩌면 리옹의 한 "여명"을 표현하는 것일 수 있다. 시 주체는 리옹의 어느 날 "새벽빛"처럼 죽음을 생각하게 하는 대지 현상 앞에서 소멸되지 않는 영혼의 힘으로 불멸하기를 원한다. 육체는 믿을 수 없는 것이나 주체는 마치 우주 만물이 늘 운동을 하고 있듯 그의 여인에 대한 사랑만은 "썩지 않는 몰약"이 되어 희망과 행복 속에서 영속되기를 바라고 있다. 시는 세브풍의 전형적인 사랑을 구현한다.

작가 약력: ______

1500년경, 리옹의 한 귀족 가문에서 출생. 성장한 이후 리옹의 시 학파를 이끌
      어감.
1533년, 이탈리아 시인 페트라르카의 작품에 나오는 여인 로라의 무덤 발견을
      주장.
1534년, 블라종 콩쿠르에서 수상.
1562년경, 사망.

05
프랑스어의 옹호,
조아심 뒤 벨레(1522~1560)

프랑스 시 문학을 발전시키려고 한 많은 작가 중에 조아심 뒤 벨레Joachim du Bellay가 있다. 이 작가는 1547년에 롱사르Ronsard를 만나 파리에 온 후 그와 함께 코쿠레Coqueret 학원에서 장 도라Jean Dorat의 지도를 받으며 그리스 시와 라틴 시를 공부했다. 이때부터 시에 대한 자신의 취향을 발견하고 또 고대 그리스와 로마의 인본주의 문화에 관심을 가지면서 그는 고대의 이 지역들에서처럼 프랑스에서도 시 문학이 찬란히 꽃 피기를 갈구했다. 이런 희망 속에서 뒤 벨레는 롱사르 등 자신의 친구들과 칠성시파Pléiade라는 7명의 시인들(뒤 벨레, 롱사르, 바이프, 조델, 뒤 망스, 벨로, 티야르) 그룹을 조직하고 1549년에 이들과 함께 『프랑스어의 옹호와 선양 *Défense et Illustration de la Langue française*』이라는 일종의 시 문학 이론서를 자신의 이름으로 발표했다.

『프랑스어의 옹호와 선양』은 그리스와 로마의 시 문학에 비해 당시 프랑스 문학이 현저히 뒤떨어져 있음을 풍자하면서도 여러 시인의 중요 작품들을 발굴하는 계기를 만들어 시 문학 평론의 한 지침서와도 같은 것이 되었다. 이 텍스트는 프랑스 시가 후진 상태를 벗

어나기 위해 시인들이 유년기의 아이처럼 아직 완전하지 못한 프랑
스어를 잘 갈고 다듬어서 세련되게 해야 하고 또 귀족들 개인의 취
향에만 맞추어 시를 쓰지 말며 종교적 경지에서 신의 뜻을 표현할
수 있어야 한다고 말하고 있다. 훌륭한 시인은 시인으로서의 자신
의 천부적인 재능과 후천적으로 습득한 지식들을 결합해서 본인만
의 시풍을 형성하며 숭고하리만큼 고결한 언어로 시를 지을 수 있
어야 한다는 것이다. 프랑스어의 현주소를 파악하면서 시인들에게
새로운 사명의식을 고취시켜 그들의 지위를 향상시켜주려는 것도,
따라서 그 지침서의 한 목표였다고 할 수 있다. 이런 점들은 텍스트
를 구성하는 1부와 2부 전체에서 강조되고 있는데 특히 1부에서 프
랑스어에 대해 한 말을 보면 다음과 같다.

Et si notre langue n'est si copieuse et riche que la grecque
ou latine, cela ne doit être imputé au défaut d'icelle, comme si
d'elle-même elle ne pouvait jamais être sinon pauvre et stérile:
mais bien on le doit attribuer à l'ignorance de nos majeurs,
qui ayant (comme dit quelqu'un, parlant des anciens Romains)
en plus grande recommandation le bien faire que le bien dire,
et mieux aimant laisser à leur postérité les exemples de vertu
que les préceptes, se sont privés de la gloire de leurs bienfaits,
et nous du fruit de l'imitation d'iceux: et par même moyen
nous ont laissé notre langue si pauvre et nue qu'elle a besoin
des ornements et (s'il faut ainsi parler) des plumes d'autrui.
Mais qui voudra dire que la grecque et romaine eussent
toujours été en l'excellence qu'on les a vues du temps
d'Homère et de Démosthène, de Virgile et de Cicéron? Et si
ces auteurs eussent jugé que jamais, pour quelque diligence et

culture qu'on y eût pu faire, elles n'eussent su produire plus grand fruit, se fussent-ils tant efforcés de les mettre au point où nous les voyons maintenant?

Ainsi puis-je dire que notre langue, qui commence encore à fleurir sans fructifier, ou plutôt, comme une plante et vergette, n'a point encore fleuri, tant se faut qu'elle ait apporté tout le fruit qu'elle pourrait bien produire. Cela, certainement non pour le défaut de la nature d'elle, aussi apte à engendrer que les autres: mais pour la coulpe de ceux qui l'ont eue en garde et ne l'ont cultivée à suffisance, ainsi comme une plante sauvage, en celui même désert où elle avait commencé à naître, sans jamais l'arroser, la tailler, ni défendre des ronces et épines qui lui faisaient ombre, l'ont laissée envieillir et quasi mourir.

(chapitre III, livre premier, *Défense et Illustration de la Langue française*)

그런데 우리의 언어가 그리스어나 라틴어만큼 풍요롭고 다채롭지는 못해도 그 자체로 그것이 결코 초라하고 무익하기까지 한 것일 수 없듯이, 그것은 그리스어나 라틴어 대신으로 여겨져서는 안 된다. 정말 이는 우리 조상들의 무지 탓으로 돌려져야 한다. 우리 조상들은 (옛날 로마사람들에 대해 말하면서 누군가가 말한 대로) 잘 말하기보다는 잘하기를 더 많이 당부하고 또 그들 후손에게 계율보다는 미덕이 되는 본보기들을 더 많이 남겨주고자 함으로써 자신들이 베푼 은혜의 영광을 누리지 못했다. 그래서 우리도 그들이 준 은혜를 모방할 수 있는 유익함을 갖지 못했다. 그리고 같은 식으로 우리 조상들은 어떤 장식들과 (이렇게 말해도 좋다면) 타인의 필치들을 필요로 할 만큼 그렇게 빈약하고 무력한 언어를 우리에게 남겨주었다. 호메로스와 데모스테네스 그리고 베르길리우스와 키케로의 시대에 우리가 그리스 언어와 로마 언어를 알았던 이래로 이 언어들은 언제나 더할 나위 없이 훌륭했었다고 도대체 누가 말하고 싶어할까? 그리고 우리가 여기에

기울였던 관심이야 어떠하든 간에, 만일 이 작가들이 그 언어들
은 결코 보다 큰 성과를 이룰 수 없으리라고 생각했었다면 우리
가 지금 이해하고 있는 바로 그런 언어 상황에 언어들을 이르게
하려고 그토록 애를 썼을까?

그렇게 해서 나는 말할 수 있다. 우리의 언어는 열매를 맺지
못하고, 아니 오히려, 한 작은 나뭇가지처럼 아직 꽃이 피기 시작
해서 그 자체가 훌륭하게 이루어낼지도 모를 그 모든 결실을 가
져오기는커녕 아직 전혀 활짝 피지도 못했다고. 다른 언어들만큼
생성시킬 수 있는 힘이 있으니 그것은 확실히 그 언어 성질상의
결함 때문이 아니다. 그것은 언어를 한 번도 물을 주거나 다듬어
주지도 않고 또 언어를 그늘지게 해서 늙어버리게 하고 거의 죽
게 했던 가시 돋친 줄기들로부터 언어를 보호하지도 않은 채, 언
어가 태어나기 시작했던 황량한 바로 그 상태에서 그렇게 한 야
생식물처럼 언어를 관리하며 충분히 가꾸지 않았던 사람들의 잘
못 때문이다.

(1부 3장, 『프랑스어의 옹호와 선양』)

그 텍스트에서 1부는 이처럼 프랑스 사람들이 그리스어나 라틴
어만을 좋아하지 말고 모국어를 극진히 사랑하며 제대로 사용하기
를 바라고 있다. 이는 궁극적으로 품격 높은 프랑스어로 고대의 작
품들 못지않은 훌륭한 작품들이 쓰이기를 희망하는 것이라 하겠다.
더 나아가 특히 시의 경우에 일반적이고 대중적인 용어는 다소 허
용될 수 있다 하더라도 상스럽고 저속한 서민적인 용어로 재치만
부리며 독자를 현혹시키려는 것은 허용되지 않는다는 뜻이기도 할
것이다. 시인들이 잘 다듬어진 프랑스어로 시를 써야 함은 텍스트
2부에서 많이 강조되고 있다. 그런데 여기서는 프랑스어를 세련되
게 만드는 것도 중요하지만 시인들은 새로운 언어를 창조해야 하고

또 필요하면 정확하지 않아도 그렇다고 속되지도 않은 지방의 방언
들을 활용하면서라도 시어를 다채롭게 해야 한다고 한다. 다양하면
서도 세련된 시어가 빛을 발하기 위해서는 중세풍의 논리적인 정형
시보다 개성이 넘쳐나는 소네트 형식의 보다 자유로운 구조의 시가
필요하다는 것도 거기서 언급되고 있다.

당시 프랑스 시 문학에 박차를 가하는 이론서 역할을 한 바로 그
텍스트를 뒤 벨레 자신이 직접 기초한 만큼 그의 작품들은 거의 그
내용들에 바탕을 두고 있다고 할 수 있다. 예를 들면 1549년에 출판
된 호라티우스Horace풍의 『서정시 *Vers lyriques*』 문집이나 또 이탈리
아 시인 페트라르카Petrarca의 수법을 모방해서 고고한 사랑을 칸초
네식으로 노래한 14행시 작품들의 소네트집 『올리브 *L'Olive*』 그리
고 1558년에 나온 『회한 *Les Regrets*』과 『로마의 고대유적 *Les Antiquités
de Rome*』 시집들이 바로 그것이다.

『회한』에 수록된 시 한 편을 본다.

Je ne veulx point fouiller au sein de la nature,
Je ne veulx point chercher l'esprit de l'univers,
Je ne veulx point sonder les abysmes couvers,
Ny desseigner du ciel la belle architecture.

Je ne peins mes tableaux de si riche peinture,
Et si hauts arguments ne recherche à mes vers:
Mais suivant de ce lieu les accidents divers,
Soit de bien, soit de mal, j'escris à l'adventure.

Je me plains à mes vers, si j'ay quelque regret:

Je me ris avec eulx, je leur dy mon secret,

Comme estans de mon coeur les plus seurs secretaires.

Aussi ne veulx-je tant les pigner et friser,

Et de plus braves noms ne les veulx deguser

Que de papiers journaux ou bien de commentaires.

('Sonnet I', Les Regrets)

나는 조금도 자연에 둘러싸여 땅을 일구고 싶지도 않고,

나는 조금도 우주의 정신을 찾으려 하고 싶지도 않다.

나는 조금도 보이지 않는 심연을 탐색하고 싶지도 않고

하늘의 아름다운 건축물을 그리고 싶지도 않다.

나는 그토록 다채로운 화법으로 그림을 그리지도 못하고

그토록 고도의 논거들을 나의 시에서 추구하지도 못한다.

하지만 이곳의 다양한 사건들에 따라

좋게든 나쁘게든 나는 붓 가는 대로 글을 쓴다.

어떤 후회를 하게 될 때면 나는 나의 시에 불평을 한다.

내 마음속 가장 믿을 만한 비서인 양

나는 시와 함께 조소하고 시에 나의 비밀을 말한다.

그러니 신문기사들이나 혹은 논평들만큼

나는 시를 그토록 다듬고 또 연마하고 싶지도 않고

명목상 그것들보다 더 좋은 옷으로 시를 변장시키고 싶지도 않다.

(「소네트 I」, 『회한』)

이 시에서 볼 수 있듯이, 그는 중세의 시풍을 버리고 현대적인 신선한 감각으로 특히 고대 로마 문학의 찬란했던 시절을 프랑스 문학에서도 이루어보려는 것 같다. 그는 삼촌인 장 뒤 벨레Jean du Bellay 추기경의 비서로 1553년부터 약 4년간 로마에 체류할 때 훌륭한 로마 문학을 이루게 한 고대의 인본주의 문화가 완전히 사라져버린 것을 보고 실망을 했지만 그래도 4행으로 된 두 개의 연과 3행으로 된 두 개 연의 총 14행시의 소네트를 통해 고대 로마 문학에 대한 향수를 달래며 세련된 프랑스 고유의 언어로 프랑스 시 문학의 새로운 발전을 기약하려 한다.

작가 약력:

1522년, 앙주 지방에서 출생.

1547년, 시인 롱사르를 만나 함께 파리에 상경. 코쿠레 학원의 장 도라에게 시 수업을 받음.

1549년, 칠성시파 형성 후 『프랑스어의 옹호와 선양』 발표.

1553년, 삼촌 장 뒤 벨레 추기경 비서로 로마에 감.

1558년, 로마 체류 동안의 생활을 그린 시집들 『회한』과 『로마의 고대유적』 등을 간행.

1560년, 38세로 요절.

06
시인들 중의 시인, 피에르 드 롱사르(1524~1585)

피에르 드 롱사르Pierre de Ronsard는 군인이나 외교관이 되려고 했으나, 1536년경부터, 특히 프랑수아François 1세가 치세하는 동안 오히려 왕자들의 시동이 되어 궁궐 생활을 했다. 1541년에 더군다나 귀까지 먹게 되어 그는 자신의 직업에 대한 꿈을 바꾸어 1543년에 성직자의 길을 모색하기도 했다. 이와 같은 여러 다른 방향의 삶 동안에도 그는 시에 늘 흥미를 가지고 있어서 펠르티에 뒤 망스Peletier du Mans(1517~1582)를 위시한 여러 시인의 작품들을 탐독했다. 이때 시인 앙투안 드 바이프Antoine de Baïf의 인본주의적인 문학 경향에 매료되면서 그는 그와 함께 장 도라Jean Dorat가 운영하는 코쿠레Coqueret 학원에 들어가 정식으로 문학 수업도 받았다. 이곳에서 그는 조아심 뒤 벨레Joachim du Bellay를 만나게 되고, 그래서 그와 함께 바이프를 포함한 7명의 젊은 시인들 그룹, 즉 칠성시파를 조직했다. 이 그룹에서는 롱사르와 뒤 벨레가 주요 역할을 하게 되는데, 실제로 이들은 1549년에 『프랑스어의 옹호와 선양 *Défense et Illustration de la Langue française*』이라는 한 선언서를 내놓았던 것이다. 롱사르는 이후부터 여기에 제시된 시 문학의 원칙들에 따르면서 시를 쓰려고 했다.

롱사르가 그 선언서에 표명된 시의 원칙들에 맞게 쓰려고 한 처음 작품으로는 시집들 『오드 *Odes*』가 있다. 이 시집들은 1550년에서 1553년에 걸쳐 총 다섯 권으로 출판되어 새로운 시란 어떤 것이어야 하는지를 보여준다. 시 작품들은, 흔히 서정적인 표현으로 노래 부를 수 있는 연strophe들의 형식 속에서, 당시에 친숙하게 느껴지는 귀족들에 대한 것이나 또는 신에게 간청해보는 이상적인 시 추구 방법에 대한 것을 말하고 있다. 시 작업에 대해 언급하는 시들은 특히, 기원전 5세기의 그리스 서정시인 핀다로스Pindaros의 시와 기원전 1세기의 로마 서정시인 호라티우스Horace의 시가 지니는 고결한 품격들을 찬양하며 그러면서도 프랑스 고유의 시를 갈망하고 있다. 이상적인 프랑스 시에 대한 추구는 다음 작품에서 실제로 볼 수 있다.

> Grossis-toi ma Muse Françoise,
> Et enfante un vers résonant,
> Qui bruie d'une telle noise
> Qu'un fleuve débordant, tonnant,
> Alors qu'il saccage et emmène,
> Pillant de son flot sans merci,
> Le trésor de la riche plaine,
> Le boeuf et le bouvier aussi.
> Et fais voir aux yeux de la France
> Un vers qui soit industrieux,
> Foudroyant la vieille ignorance
> De nos pères peu curieux.
> Ne suis ni le sens ni la rime,

Ni l'art, du moderne ignorant,

Bien que le vulgaire l'estime,

Et en béant l'aille adorant.

　Sus donque l'envie surmonte,

Coupe la tête à ce serpent,

Par tel chemin au ciel on monte,

Et le nom au monde s'épend.

('À sa Muse', Livre II, Odes)

　나의 프랑스 여신이여 커져라.

그리고 공명하는 시를 낳아라

우렁차게 넘쳐흐르는 강물 같은

소리로 메아리치는 시를.

　풍요로운 평야의 보배,

소 그리고 목동까지

강물이 가차 없이 물결로

휩쓸며 약탈하고 가져가 버려도.

　그리고 프랑스의 눈으로 보게 하라

독창적인 시를,

호기심 별로 없는 우리 조상의

낡은 무지를 분쇄하며.

　무지한 현대인의 감각도

운도 기술도 따르지 마라

대중이 그를 존경하고

입 벌린 채 항상 그를 경배해도.

　자, 욕망이 짓누른다.

이 악마의 목을 쳐라.

그런 길을 통해 우리 천국에 가고

이름이 세상에 알려진다.

(「시의 여신에게」, 2권, 『오드』)

이 시는 노래로 부르거나 음악 반주에 맞추어 낭송할 수 있는 서정단시로, 명령하는 말투 속에서 프랑스 시에 대해 자기 생각을 말하는 담화자의 격정적인 서정성을 잘 드러내고 있다. 말하자면 시는 예전의 또 그 당시 프랑스 작가들의 시 쓰는 방법들을 비판하면서 대중이 예술성 없는 시만을 좋아하더라도 시인들은 대중의 이런 요구를 뿌리치고 좋은 시를 써야 한다고 주장하고 있다. 고대 그리스 시와 로마 시의 전통을 프랑스에서 계속 간직하더라도 시인들은 프랑스어라는 모국어를 다듬고 정선해서 사용하며 운도 잘 맞는 형식의 소위 예술적인 시를 써야 한다는 내용을 시는 함축하고 있다. 시의 예술성은 세계를 "프랑스의 눈"으로 보는 시인의 "독창적인" 시각에 의해 더욱 빛을 발할 수 있다는 것도 시는 상기시키고 있다.

그 시에서처럼 시 작업에 대한 것을 서정적인 어조로 노래한 시가 있는가 하면, 또 한편으로는 담화자가 상류층 여인들을 사모하는 마음을 서정적으로 표현한 사랑의 시도 있다. 『사랑 Amours』(1552), 『찬가 Hymnes』(1555~1556), 『사랑의 연장 Continuation des Amours』(1555), 『사랑의 새로운 연장 Nouvelle continuation des Amours』(1556)과, 『작품 Oeuvres』(1578)에 들어 있는 몇 편의 시가 그 예다. 이중 특히 『작품』에는 「엘렌을 위한 소네트 Sonnets pour Hélène」라는 시가 포함되어 있는데, 이 시는 롱사르의 연애시들 중에서 제일 많이 알려져 있어 여기에 소개한다.

Quand vous serez bien vieille, au soir à la chandelle,
Assise auprès du feu, dévidant et filant,
Direz, chantant mes vers, en vous émerveillant:
«Ronsard me célébrait du temps que j'étais belle.»

Lors vous n'aurez servante oyant telle nouvelle,
Déjà sous le labeur à demi sommeillant,
Qui au bruit de Ronsard ne s'aille réveillant,
Bénissant votre nom de louange immortelle.

Je serai sous la terre, et fantôme sans os
Par les ombres myrteux je prendrai mon repos;
Vous serez au foyer une vieille accroupie,

Regrettant mon amour et votre fier dédain.
Vivez si m'en croyez, n'attendez à demain:
Cueillez dès aujourd'hui les roses de la vie.

('Sonnets pour Hélène' II, Oeuvres)

그대는 늙어갈 때 저녁 촛불 아래서
난로 옆에 앉아 실 풀고 자아내며
말하겠지요, 나의 시를 노래하고 감탄하며,
"내가 아름다웠던 그 시절 롱사르가 날 찬양하곤 했지"라고.

그때 그 이야기 듣고서,
고된 일로 벌써 반쯤 잠들어 있다
불멸의 칭송으로 그대 이름 치하하던
롱사르라는 소리에 깨지 않는 그대의 하녀는 없을 테지요.

나는 지하에서 뼈 없는 유령이 되어
도금양 그늘 아래 쉬고 있을 테요.
나의 사랑과 그대의 오만했던 멸시를 후회하며

그대는 벽 난롯가에 쭈그리고 있는 할머니 되겠지요.
내 말을 믿는다면 인생을 체험하세요, 내일까지 기다리지 마세요.
따세요 오늘부터 생명의 장미꽃을.
(「엘렌을 위한 소네트」 2, 『작품』)

4행시로 된 두 개의 연과 3행시로 된 두 개의 연으로 구성된 14행시 소네트 형식 속에서 이 시는 롱사르가 한 여인을 얼마나 사랑하고 있는지를 보여준다. 그는 54세 때에 앙리Henri 2세의 왕비인 카트린 드 메디시스Catherine de Médicis의 시녀로 있던 엘렌 드 쉬르제르Hélène de Surgère를 사랑하게 되는데, 이 여인은 그의 사랑을 잘 받아주지 않았다. 그는 이를 몹시 아쉬워했고 그래서 그의 이런 마음이 시 주체의 말을 통해 표현되고 있다.

상기 두 편의 시는 여인에 대한 사랑 또는 이상적인 시 추구 등 각기 다른 주제들을 표현하면서도 모두 풍부한 서정적 시심으로 일관되고 있다. 그의 다른 시 작품들에서도 주제의 내용에 제약을 받지 않고 어떤 유형에서든 서정성이 풍요롭게 솟아난다. 풍부한 서정성은 17세기에 고전주의 경향의 시인들에 의해 비난을 받기도 했다. 고전주의자들에 따르면, 롱사르 시의 서정성은 전반적으로 고대 문학을 모방할 때 지나치게 감정에 의존하는 데서 온다는 것이다. 반면에 19세기에 생트뵈브Sainte-Beuve 같은 시인은 그의 시 작품들의 서정적인 어조를 긍정적으로 평가했다. 롱사르의 시 작품들이 이성 간의 사랑이나 조국에 대한 사랑 또는 죽음을 말할 때 그런 서정적인 어조는 개성이 뚜렷한 그 당시 낭만주의 시의 어조와 일맥상통한다고 그 시인은 본 것 같다. 같은 시기에 고답파 시인들도 그의 시에서 분출되는 서정적 분위기에 다소 호의적이었다. 그의 시 작품들은 거의 감상적인 표현으로 일관되고 있지만 그래도 새롭고 다양한 형식을 추구하면서 고대 문학의 여러 특성 중 하나인 서정성을 모방한다는 이유에서다. 사실 그의 시 대부분은 당시에 주로 쓰이던 10음절 시구를 사용하면서 동시에 12음절 시구를 추가로 사용해서 시 음절 형식을 쇄신하려 한다. 이런 독창성으로 해서 롱사르는 그 당시 프랑스 시인들 중의 시인으로 꼽히기도 했다. 그의 시 작품들은 고전주의 시에서처럼 일정한 음절 형식을 지키는 질서 정연함을 보여주면서도 새로운 음절 구성의 독특한 시 형식을 보여주고, 또 다양하고도 개성이 넘치는 다소 낭만주의적인 서정적 정서를 보여주고 있어, 다시 말하면 이중의 진보주의적인 경향 때문에 19세기에 다시 인정을 받은 것 같다.

롱사르의 시들이 대부분 아주 풍부하고 개성적인 서정성을 바탕으로 하고 있어 그의 정서는 서사시를 쓰기에 적합하지 않다고들 했다. 실제로 그는 고대 그리스의 호메로스Homère와 로마의 베르길리우스Virgile의 서사시 작품들에 견줄 수 있는 대서사시를 쓰려고 24편의 『라 프랑시아드 *La Franciade*』를 시작했는데 1572년에 4편만 완성했던 것이다. 그렇기는 해도 그는 이미 1560년경부터 인간 개인의 정서를 표현하는 데 국한되지 않고 사건 중심의 작품들을 완성하기도 했다. 1560년에서 1563년에 걸쳐 나온 거의 구교를 옹호하기 위한 일련의 『논설시집 *Les Discours*』이 바로 그것이다. 이 모든 서사시 작품은 순전히 서정적 풍취의 그의 다른 작품들과 함께 그의 작품 세계의 커다란 한 방향을 이루고 있다고 할 수 있다.

작가 약력:

1524년, 아버지가 식당의 급사장인 한 귀족 가문에서 출생.
1536년, 프랑수아 1세 아이들의 시동이 됨.
1541년, 귀를 먹게 되어 군인이 되려는 희망을 포기.
1543년, 아버지의 권고로 삭발하고 성직자의 길 준비. 시인 직업을 생각함.
1547년, 뒤 벨레와 함께 파리에 와 앙투안 드 바이프의 아버지 집에서 장 도라
　　　　의 교육을 받음.
1548년, 장 도라가 코쿠레 학원의 장이 되자 이곳에서 시 수업받음.
1549년, 뒤 벨레 등 칠성시파 시인들과 함께 『프랑스어의 옹호와 선양』 발표.
1550년, 첫 시집 『오드』 출간을 시작으로 이후 다수의 작품 간행.
1585년, 생 코슴 수도원에서 작품 집필 중 사망.

07
감정 절제와 이성에 의한 글쓰기, 프랑수아 드 말레르브(1555~1628)

프랑수아 드 말레르브François de Malherbe는 노르망디Normandie 지방의 캉Caen에서 태어나 가톨릭교를 믿으며 20세경부터 글을 썼다. 그의 시는 흔히 한 개인에게만 국한되는 주제보다는 모든 사람에게 관련되는 죽음이나 가버린 시간, 또는 왕정 치하에서의 평화 등을 다룬다. 시 주체들은 이와 같은 주제들을 그들 개인의 서정적 감성에 의해서보다는 극히 지성적인 시각에서 표현한다. 이는 시인이 지나친 공상이나 상상에 의해 즉흥적으로 논리에 맞지도 않게 전개되는 모호한 시적 사고를 반대하기 때문이다. 이 시인에게서는 시의 구성도 완벽해야 한다. 예를 들면 모음충돌이나, 또는 시행을 바꿈으로써 단어 그룹들의 의미적인 단절을 일시적으로 가져오는 척치를 피해야 하고, 대신 한 시행 내에서 중간휴지(특히 12음절 시행에서는 반구에서)를 꼭 실시해야 한다. 시의 리듬과 형식은 이처럼 파격적인 것을 피하고 엄격한 시작법 규칙에 따라 이루어져야 한다. 시의 문장들도 간단명료하고 질서정연하게 조직되어 프랑스어의 순수성이 최대한 되살아나고 그 품격이 높아져야 한다. 이 시인의 시 창작법은, 따라서 그 당시에 유행하던 바로크풍을 벗어나

서 17세기 중반부터 본격화되는 고전주의 시문학 표현법의 바탕이
된다.

　말레르브가 그러한 시 창작 이론에 입각해 쓴 작품들은 많이 있
으나 모음집 『이 시대에 가장 훌륭한 시인들의 시 *Le Parnasse des
plus excellents poètes de ce temps*』(1607)에 다른 작가 작품들과 함께 수
록된 두 편의 시가 주목할 만하다. 1598년에 쓰인 「뒤 페리에 씨에
게 보내는 위로의 말 Consolation à monsieur du Périer」과 1605년에
파리에 정착해 궁정시인으로서 쓴 「리무쟁 지방으로 가는 왕을 위
한 기도 Prière pour le roi allant en Limousin」가 그것이다. 이 두 번
째 시는 부이용Bouillon 공작이 리무쟁 지방에서 반역을 꾀하자 이
를 진압하러 가는 왕 앙리Henri 4세의 여정을 위한 기도로 되어 있
다. 이 시보다 앞서 쓰인 첫 번째 시는 다음과 같다.

Ta douleur, du Périer, sera donc éternelle,
　　Et les tristes discours
Que te met en l'esprit l'amitié paternelle
　　L'augmenteront toujours?

Le malheur de ta fille au tombeau descendue
　　Par un commun trépas,
Est-ce quelque dédale, où ta raison perdue
　　Ne se retrouve pas?

Je sais de quels appas son enfance était pleine,
　　Et n'ai pas entrepris,
Injurieux ami, de soulager ta peine

Avecque son mépris.

Mais elle était du monde, où les plus belles choses
    Ont le pire destin:
Et rose elle a vécu ce que vivent les roses,
    L'espace d'un matin.

Puis quand ainsi serait, que selon ta prière
    Elle aurait obtenu
D'avoir en cheveux blancs terminé sa carrière,
    Qu'en fût-il advenu?

Penses-tu que plus vieille en la maison céleste,
    Elle eût eu plus d'accueil?
Ou qu'elle eût moins senti la poussière funeste,
    Et les vers du cercueil?

Non, non, mon du Périer, aussitôt que la Parque
    Ôte l'âme du corps,
L'âge s'évanouit au-deçà de la barque
    Et ne suit point les morts.

Tithon n'a plus les ans qui le firent cigale:
    Et Pluton aujourd'hui,
Sans égard du passé les mérites égale
    D'Archémore et de lui.

Ne te lasse donc plus d'inutiles complaintes:

Mais sage à l'avenir,
Aime une ombre comme ombre, et de cendres éteintes
Éteins le souvenir.

C'est bien, je le confesse, une juste coutume,
Que le coeur affligé
Par le canal des yeux vidant son amertume
Cherche d'être allégé.

Même quand il advient que la tombe sépare
Ce que Nature a joint,
Celui qui ne s'émeut a l'âme d'un Barbare,
Ou n'en a du tout point.

Mais d'être inconsolable, et dedans sa mémoire
Enfermer un ennui,
N'est-ce pas se haïr pour acquérir la gloire
De bien aimer autrui?

('Consolation à monsieur du Périer')

뒤 페리에여, 자네의 고통이 그러니 한없을 테고,
아버지의 사랑이
생각나게 하는 슬픈 이야기들이
아직도 고통을 크게 할 테지?

흔히 있는 죽음에 의해 무덤에 들어간
자네 딸의 불행,
길 잃은 자네의 마음이 갈피를 잡지 못하니

얼마나 착잡한 마음이겠는가?

그녀의 어린 시절이 얼마나 많은 매력으로 넘쳐흘렀는지 나는 알
고 있네.
무례한 친구,
그래서 난 그녀를 개의치 않고 자네의 아픔만을 덜어주려고
하지는 않았지.

정말 그녀는 가장 아름다운 것이 가장 나쁜 운명을 만나는
그런 세상에 살고 있었어.
그래 장미 같은 그녀는 장미꽃들이 어느 아침나절의 시간을
어떻게 보내는지 체험했지.

설사 그러해도, 자네의 기도대로
그녀가 흰 머리로
생애를 마칠 수 있게 되었을 거라면
어떻게 되었겠는가?

그녀가 더 늙었다면 천국에서 더 많은 대접을 받았을 거라고
자네는 생각하는가?
아니면 그녀가 죽음의 잔해와 무덤의 구더기들을 덜 지각했을 거라고
생각하는가?

아닐세, 아니고말고, 뒤 페리에여, 죽음의 여신이
육신으로부터 영혼을 빼앗아 가자마자,
나이는 나룻배 이편에서 사라져버려
죽은 자들을 조금도 뒤쫓아 가지 않는다네.

티토노스에게도 매미가 되었던 노년은 더 이상 없고,
          플루톤도 오늘에는
지난날을 생각하지 않고 아르케모르와 자신의
          공덕들을 똑같게 여기지.

그러니 더 이상 쓸데없이 한탄하다 지치지 말게.
          아무튼 이제부터는 현명한 친구여,
불행을 불행 그대로 사랑하고 꺼져버린 재의
          추억을 지우게나.

나는 인정하네, 애통해하는 마음이
          고통을 비우는 눈으로
가벼워지려 함은 정말로 당연한
          일이라는 것을.

자연이 결합시킨 것을 죽음이 떼어놓는 수가
          있을 때라도
동요되지 않는 사람은 야만인의 영혼을 가지고 있거나
          아니면 정이라곤 전혀 없는 거지.

그런데 위로할 수도 없게 자신의 기억 속에
          비통함을 감추고 있는 것,
이는 타인을 참으로 사랑하는 것에 긍지를 갖기 위해
          자신을 증오하는 것이 아닐까?
          (「뒤 페리에 씨에게 보내는 위로의 말」)

말레르브는 엑스 앙 프로방스Aix-en-Provence 지방에서 변호사로
일하는 한 친구가 그의 딸을 잃게 되자 이를 위로하기 위해 이 시를

썼다. 죽음은 인간에게 피할 수 없다는 것을 말하기 위해 시는 그
논거로 죽은 자들의 신 "플루톤"과 아주 젊어서 죽은 "아르케모르"
왕자 그리고 삼도(三途) 내의 나루지기인 샤롱Charon이 죽은 사람
들을 실어 나르는 "배" 등을 언급하고 있다. 시를 구성 면에서 보면,
원시의 각 행은 거의 12음절과 6음절을 교차시키며 전개되고 있는
데 이때 12음절 시행들에서 중간 휴지는 거의 6음절과 6음절 사이
에 규칙적으로 온다. 하나의 문장을 이루는 각 연의 4개 시행들에
서도 파격적인 척치 현상은 그렇게 많이 나타나지 않는다.

작가 약력:

1555년, 노르망디의 캉에서 출생. 신교에서 가톨릭교로 개종. 앙리 2세의 한
　　　　사생아 아들에게 고용됨.
1575년, 시 쓰기 시작. 후원자 앙리 2세의 사망으로 노르망디 지방으로 돌아옴.
1605년, 파리에 정착. 궁정작가로 활동.
1620년, 『프랑스 시의 환희』 출간.
1628년, 사망.

08
우화 작가,
장 드 라 퐁텐(1621~1695)

장 드 라 퐁텐Jean de La Fontaine은 샹파뉴Champagne의 한 작은 도시의 샤토티에리Château-Thierry에서 태어났다. 그는 성직자의 길을 택하려고도 했고 1652년에는 치수 보림청에서 일하며 자기 아버지의 길을 따라 법 공부를 하려고도 했다. 그는 이처럼 여러 시도를 한 후 1658년에는 결혼생활을 버리고 파리Paris에 오게 된다. 이곳에서 그는 재무장관이고 예술 애호가인 니콜라 푸케Nicolas Fouquet 밑에서 일하다 이 사람이 국왕 루이Louis 14세 정권에 의해 체포를 당하게 되자 1661년에 리무쟁Limousin 지방으로 온다. 이후 그는 다시 파리에 와서 사교계 생활을 하며 몰리에르Molière와 라신Racine 등을 만나게 되고 특히 라 사블리에르La Sablière 부인과 우정관계를 오래 유지한다. 그의 사교활동은 병 때문에 1692년에 중단되고 이때부터 그는 다소 방종했던 생활을 버리고 신앙에 몰두하며 교훈적인 삶을 살아간다.

그는 사교계에 있는 동안 『콩트집 Contes』(1665~1674)과 『우화시집 Fables』(1668~1696) 등 그의 대표작품들을 썼다. 『콩트집』은 그 어조들이 외설스럽다 하여 추문을 일으키기도 했으나, 『우화시집』

은 30년 가까이 쌓아온 그의 문학적 원숙함을 보여주어 현대에까지 높이 평가받고 있다. 특히 『우화시집』은 다양한 100개의 막으로 구성된 하나의 긴 희극이다. 따라서 이 작품은 전반적으로 기원전 7~6세기에 활동한 그리스 우화작가 이솝Ésope의 흔적을 느끼게 하고 또는 기원전 68~8년에 예술가들을 옹호한 로마 사람 메센Mécène (또는 메세나Mécénas)의 흔적도 느끼게 하지만 라 퐁텐만의 독창적인 문학적 능력도 생각하게 한다. 이 시집에서는 동물이나 식물 또는 대상물 그리고 귀족 등 부유층의 여러 모순된 행동들에 대한 소재가 때로는 비판적으로 잔인하게 표현되기도 하고 때로는 희곡에서처럼 웃음거리 얘기가 되어 무대에 올려지는 듯이 표현되기도 한다. 그 시집에 수록된 것으로는 「죽음과 불행한 사람 La Mort et le Malheureux」, 「죽음과 나무꾼 La Mort et le Bûcheron」, 「여우와 황새 Le Renard et le Cigogne」 그리고 「비둘기와 개미 La Colombe et la Fourmi」 등을 들 수 있다. 이 중에서 우선 인간의 보편적인 모습을 그리고 있는 「죽음과 나무꾼」을 본다.

> Un pauvre Bûcheron tout couvert de ramée,
> Sous le faix du fagot aussi bien que des ans
> Gémissant et courbé marchait à pas pesants,
> Et tâchait de gagner sa chaumine enfumée.
> Enfin, n'en pouvant plus d'effort et de douleur,
> Il met bas son fagot, il songe à son malheur:
> Quel plaisir a-t-il eu depuis qu'il est au monde?
> En est-il un plus pauvre en la machine ronde?
> Point de pain quelquefois, et jamais de repos.

Sa femme, ses enfants, les soldats, les impôts,

     Le créancier, et la corvée

Lui font d'un malheureux la peinture achevée.

Il appelle la Mort; elle vient sans tarder,

     Lui demande ce qu'il faut faire.

     «C'est, dit-il, afin de m'aider

À recharger ce bois; tu ne tarderas guère.»

     Le trépas vient tout guérir;

     Mais ne bougeons d'où nous sommes:

     Plutôt souffrir que mourir,

     C'est la devise des hommes.

          ('La Mort et le Bûcheron', *Fables*)

한 가엾은 나무꾼이 온통 나뭇가지로 뒤덮여

긴 세월만큼이나 무거운 나뭇단 밑에서

끙끙거리며 몸을 굽힌 채 무거운 발걸음으로 걸으며

연기로 검어진 그의 작은 초가집으로 가려 애쓰고 있었다.

마침내 더 이상 애를 쓸 수도 고통을 견딜 수도 없어

그는 나뭇단을 내려놓고 자신의 불행을 생각한다.

그가 살아 있는 동안 어떤 기쁨을 맛보았던가?

둥근 대지에 어떤 불쌍한 사람이 더 있겠는가?

때로는 양식이 하나도 없고 휴식도 결코 없다.

자기 아내와 아이들, 군인들과 세금,

     채권자와 부역으로

그는 불행한 사람의 완전한 그림을 그린다.

그가 죽음의 신을 부른다. 죽음은 지체하지 않고 와

     그에게 무엇을 해야 할지 묻는다.

     «그것은, 그가 말한다, 내가

이 나뭇가지를 다시 지도록 도와주는 것이오. 그대는 곧 할 수 있을
테지요.»

죽음은 와서 모든 것을 치유한다.
하지만 우리 있는 곳에서 움직이지 맙시다.
죽는 것보다 차라리 고통을 겪는 것,
이것이 인간들의 좌우명이다.

(「죽음과 나무꾼」, 『우화시집』)

이 시편은 인간이 삶을 살아갈 때 허무와 두려움 등을 너무 많이 경험하게 됨으로써 생의 이와 같은 고통보다는 차라리 죽음을 더 선택하려 하고 그렇지만 결국은 다시 삶을 희망한다는 것을 말한다. 작가는 이 주제를 이솝에게서 빌려 왔으나 그를 맹목적으로 모방하지 않고 오히려 그보다 더 잘 쓰기 위해 자신만의 시작법에 따라 묘사와 대화형식을 동시에 사용하며 삶과 죽음 앞에 서 있는 나무꾼의 서정적인 정서를 표현한다. 시는 나무꾼의 개인적인 감정을 표현하는 그런 다양한 형식의 문체를 통해 삶과 죽음이라는 보편적이면서도 그러나 무거운 주제를 부담 없이 표현하고 있다.

「비둘기와 개미」라는 시편을 본다.

L'autre exemple est tiré d'animaux plus petits.
Le long d'un clair ruisseau buvait une Colombe,
Quand sur l'eau se penchant une Foumi y tombe:
Et dans cet océan l'on eût vu la Fourmi
S'efforcer, mais en vain, de regagner la rive.
La Colombe aussitôt usa de charité:
Un brin d'herbe dans l'eau par elle étant jeté,

Ce fut un promontoire où la Fourmi arrive.

     Elle se sauve; et là-dessus

Passe un certain Croquant qui marchait les pieds nus.

Ce Croquant par hasard avait une arbalète.

     Dès qu'il voit l'Oiseau de Vénus,

Il le croit en son pot, et déjà lui fait fête.

Tandis qu'à le tuer mon Villageois s'apprête,

     La Fourmi le pique au talon.

     Le Vilain retourne la tête.

La Colombe l'entend, part, et tire de long.

Le soupé du Croquant avec elle s'envole:

     Point de Pigeon pour une obole.

             ('La Colombe et la Fourmi', *Fables*)

또 다른 예는 더 작은 동물들에서 온다.

맑은 시냇물 따라 비둘기 한 마리가 물을 마시고 있었다.

그때 물 위로 몸을 구부리던 개미 한 마리가 거기 떨어진다.

우리가 보건대 개미는 이 대양에서

기슭으로 돌아오려 애썼지만 허사였다.

비둘기는 곧 자비를 베풀었다.

새가 풀잎 한 가닥을 물에 던지니

이는 개미가 다다를 수 있는 하나의 갑(岬)이 되었다.

     개미는 구출된다. 그런데 저 위에

맨발로 걷는 어떤 촌놈 하나 지나간다.

이놈은 우연히도 활 하나를 가지고 있었다.

     비너스 새를 보자마자

그는 그것이 요리 냄비에 있을 것을 상상하고 벌써 한껏 들떠 기대한다.

이 촌사람이 새를 막 죽이려 하는 사이

개미가 그놈 발뒤꿈치를 쏜다.

그 고얀 놈이 돌아다본다.

비둘기는 그 소리를 듣고 내달아 멀리 도망친다.

촌놈의 저녁 식사도 비둘기와 함께 날아가 버린다.

동전 한 닢 같은 보잘것없는 자에게는 비둘기도 없다.

(「비둘기와 개미」, 『우화시집』)

이 시편에서 비둘기와 개미는 모두 남을 도와주고 또 은혜를 베풀어준 사람에게는 그 은혜를 잊지 않고 보답을 하는 착한 마음을 가지고 있다. 두 동물은 의인화되었기 때문에 인간생활에서 중요한 타인에 대한 배려와 은혜에 대한 보답이라는 도덕적인 가치를 보다 적극적으로 표현하게 된다. 시는 따라서 바람직한 인간 삶의 모습을 직접 노골적으로 찬양하기보다는 은근히 희극적으로 드러내기 위해 이솝처럼 동물들을 인격화시키며 글을 쓰는 라 퐁텐의 문학에 대한 기본 입장을 보여준다.

작가 약력:

1621년, 샹파뉴의 샤토티에리에서 태어남.
1652년, 치수 보림청 근무.
1658년, 결혼생활 청산. 파리에 옴. 재무장관 니콜라 푸케에게 고용됨.
1661년, 푸케의 퇴진으로 리무쟁 지방으로 옴. 이후 파리로 와 사교계에 드나들며 라 사블리에르 부인 등을 만남.
1692년, 병으로 인해 사교계 출입을 그만둠.
1695년, 사망.

09
고전주의 문학 법칙 이론가,
니콜라 부알로 데스프레오(1636~1711)

니콜라 부알로 데스프레오Nicolas Boileau-Despréaux는 파리의 부르주아 가정에서 태어나 변호사 생활을 하며 문학에도 꽤 관심을 가지고 있었다. 따라서 후일 아버지로부터 많은 유산을 받게 되자 그는 여러 문학 작가를 만나는 사교계 생활도 하고 또 신구논쟁에도 참여해 신파에 반대하는 시를 쓰기도 했다. 특히 그는 아리스토텔레스Aristotle 등 고대 그리스 사람들이 세운 문학이론에 입각해 문학 장르에 대한 새로운 개념들을 제시하며 고전주의 문학이론을 정립했다.

그의 대표작품들로는 『풍자시집 *Satires*』(1666~1716)과 『서한시집 *Épîtres*』(1670~1698), 『시학 *Art poétique*』(1674) 그리고 『보면대 *Le Lutrin*』(1674~1683) 등이 있다. 작품 『보면대』는 교회에서 신부가 설교할 때 성서를 놓는 비스듬한 작은 책상인 보면대를 소재로 쓴 것으로 파리의 어떤 교회에서 보면대의 위치 선정 때문에 분쟁이 일어난 것을 익살스럽게 풍자적으로 쓴 서사시적 작품이다. 『서한시집』은 고대 그리스와 로마 작품들에서 형식을 빌려온 운문 편지집으로 도덕성 문제와 문학비평 기능 등 다양한 주제들을 수록하고 있다. 4편의 노래로 구성된『시학』은 그 당시 17세기에 발표된 시들을 비롯해 다른 문학작품들을 평론하면서 글을 잘 쓰기 위해 어떠한 구성 방법이 필요한지 기술적인 면들을 가르쳐주고 있다. 그에 의하면 시 예술의 완성미는 시인의 영감이나 상상력에 의해서보다는 시인의 질서정연한 이성적 사고에 의한 명확하고 단순한 문장구성 능력에 의해 결정된다. 따라서 노래 1편은 훌륭한 작가가 되려면 글 쓰는 사람은 이성의 힘에 의해 언어를 잘 사용할 수 있는기술적인 능력을 함양해야 함을 말하고 있다. 이는 곧 작가들에게고대 그리스와 라틴 문학들에서 제시된 중요한 미의 법칙들을 지킬것을 강조하는 것이다. 노래 2편은 14행시 등 각종의 소형 시 작품들에 대해 언급하고 있고, 노래 3편은 서사시와 비극, 희극 등 장시들을 정의한다. 노래 4편은 앞의 시편들과 거의 같은 방향에서 문학 작가가 지켜야 할 방법들을 계속 제시한다.『풍자시집』은『서한시집』처럼 고대 그리스와 로마에서 유행했던 문학 형식을 따르고있는데 특히 로마의 호라티우스Horace 문학을 많이 상기시킨다. 이시집은 1665년부터 1705년까지 집필되었고 1666년에서 1716년까지 출간되었으며 12편의 시들을 수록하고 있다. 이 중에서 제6편에속하는 시의 일부를 보면 다음과 같다.

> Tout conspire à la fois à troubler mon repos,
> Et je me plains ici du moindre de mes maux:
> Car à peine les coqs, commençant leur ramage,
> Auront de cris aigus frappé le voisinage,
> Qu'un affreux serrurier, que le ciel en courroux

A fait pour mes péchés, trop voisin de chez nous,
Avec un fer maudit, qu'à grand bruit il apprête,
De cent coups de marteau me va fendre la tête.
J'entends déjà partout les charrettes courir,
Les maçons travailler, les boutiques s'ouvrir:
Tandis que dans les airs mille cloches émues,
D'un funèbre concert font retentir les nues;
Et, se mêlant au bruit de la grêle et des vents,
Pour honorer les morts font mourir les vivants.
  Encor je bénirais la bonté souveraine,
Si le ciel à ces maux avait borné ma peine;
Mais si seul en mon lit je peste avec raison,
C'est encor pis vingt fois en quittant la maison:
En quelque endroit que j'aille, il faut fendre la presse
D'un peuple d'importuns qui fourmillent sans cesse.
L'un me heurte d'un ais dont je suis tout froissé,
Je vois d'un autre coup mon chapeau renversé.
Là, d'un enterrement la funèbre ordonnance,
D'un pas lugubre et lent vers l'église s'avance;
Et plus loin des laquais l'un l'autre s'agaçant,
Font aboyer les chiens et jurer les passants.
Des paveurs en ce lieu me bouchent le passage.
Là, je trouve une croix de funeste présage,
Et des couvreurs grimpés au toit d'une maison
En font pleuvoir l'ardoise et la tuile à foison.
Là, sur une charrette une poutre branlante
Vient menaçant de loin la foule qu'elle augmente,
Six chevaux attelés à ce fardeau pesant

Ont peine à l'émouvoir sur le pavé glissant.

('Satire' VI, Satires)

모든 것이 결탁해 한꺼번에 나의 수면을 방해해
나는 여기서 별것도 아닌 고통을 투덜대고 있네.
수탉들이 노래를 시작하며
날카로운 외침으로 이웃사람들을 깨우자마자,
분노한 하늘이 나의 죄과 때문에 만들어낸
고약한 철물공이 우리 집 너무 가까이에서
시끄럽게 준비하는 저주받은 철로
여러 번 망치질하며 내 머리를 멍멍하게 할 것이기 때문이네.
나는 벌써 사방에서 짐수레들이 달리고
석공들이 일하며 상점들이 열리는 소리를 듣는다네.
그사이 허공에서 요동치는 수많은 종들은
죽음의 음산한 합주로 하늘을 울려 퍼지게 하고
우박과 바람 소리에 섞이며
죽은 자들을 영광스럽게 하려 산 자들을 죽게 하네.
  하늘이 이 죄악들에 의하는 나의 고통을 막아주었다면
나는 또 지고의 자비심을 찬양할 텐데.
하지만 내가 침대 위에서만 정당한 이유로 욕설을 퍼붓는 건
집을 나가면 이십 배나 더 나쁘기 때문이네.
내가 가는 어떤 곳에서는 줄곧 득실거리는
수많은 귀찮은 사람들 무리를 헤치고 나가야만 하지.
어떤 사람은 널빤지로 나와 부딪혀 내가 온통 타박상을 입고
또 다른 식으로 부딪혀 내 모자가 뒤집혀지기도 하네.
한쪽에서는 매장하려는 장례 행렬이
비통하고 느린 걸음으로 교회로 가고 있고
더 멀리에서 하인들은 서로 역정을 내며

개들을 짖어대게 하고 행인들을 쌍소리하게 하네.
이곳에서는 포장공사 인부들이 나의 통행을 가로막기도 하지.
또 한쪽에서는 죽음의 전조인 공사 표시 십자가가 보이고
어떤 집 지붕에 올라가 있는 기와공들이
슬레이트와 기와를 비 오듯 수북이 떨어지게 하네.
또 한쪽에서는 짐수레 위에서 건들거리는 대들보 하나가
더 불어나는 군중을 멀리서부터 위협하며 오는데,
그 무거운 짐에 묶여 있는 6마리 말들은
미끄러운 포장도로 위에서 군중을 비켜서게 하기 힘이 든다네.

(「풍자시」 6, 『풍자시집』)

이 시편은 그 당시 파리를 퇴폐적으로 만드는 요인들을 나열하고 있기 때문에 「파리의 혼잡 Les Embarras de Paris」이라는 제목도 가지고 있다. 파리가 산업화되는 과정에서 사람들의 정신을 혼미하게 하는 산업공해와 소음공해 등이 심각하게 나타나자 시는 이를 표현하고 있다. "달리다courir", "일하다travailler", "부딪치다heurter", "짖어대다aboyer", "쌍소리를 뇌까리다jurer" 등의 행동동사들을 사용함으로써 시는 여러 혼잡한 사회상황 때문에 파리인들이 일상생활에 몹시 불편을 느끼고 있음을 크게 부각시킨다. 그런데 이처럼 파리의 환상적인 이미지 대신 오직 부정적인 풍경만을 지나치게 사실적으로 보여주는 것은 오히려 도시의 혼란스러운 분위기를 사람들이 재인식해서 정화된 도시를 만들게 하려는 것일 수 있다. 또한 파리의 그러한 이미지는 현대인들에게 지금의 파리도 재조명해 보도록 한다. 이 점들에서 보면 시는 확실히 교훈적인 기능을 하고 있다. 이 시편은 『풍자시집』의 중간 부분에 있어서 시인의 정신세계

가 보다 성숙된 중년 나이에 쓰인 것이라 할 수 있는데, 사실 삶의 연륜이 점점 쌓이면서 그는 시집 뒷부분의 시들을 쓸 때 거의 종교적인 사고나 또는 교훈적인 사고에 의해 사회상이나 인간의 성격 등을 보다 깊이 탐색한다. 이는 그가 젊었을 때 쓴 시집 앞부분의 시들이 사람들의 우스꽝스러운 행동이나 모순된 성격들을 사실 그대로 적나라하게 보여주며 조롱하는 것으로 그치는 것과 대조가 된다.

작가 약력:

1636년, 파리에서 태어남. 성인이 되어 곧바로 변호사 직업을 택함. 이후 아버지로부터 많은 유산을 물려받자 사교계에 드나들었고 드디어 문학 작가로, 특히 시인으로 전향함.

1666 ~ 1716년, 『풍자시집』 출간.

1670 ~ 1698년, 『서한시집』 출간.

1674년, 『시학』 발간.

1674 ~ 1683년, 『보면대』 발간.

1711년, 사망.

10
단숨에 도취되는 시 애호,
드니 디드로(1713~1784)

드니 디드로Denis Diderot는 랑그르Langres에서 칼 장수의 아들로 태어나 13살에 삭발을 한 예수회교도가 되었다. 16살에 그는 파리에 와서 자유분방한 생활을 하다가 1743년에 안 투아네트 샹피옹 Anne-Toinette Champion이라는 내의류를 만드는 여자와 결혼했다. 번역일이 이때부터 그의 기본 생활수단이 되었다고 한다.

디드로는 번역 외에 시를 위시한 문학작품 평론 그리고 예술작품 평론, 소설, 철학, 연극 등 다양한 장르의 글들을 남겼다. 시의 경우에 그는 청자들을 크게 감동시킬 수 있는 웅변조의 표현을 즐겼던 고대 그리스·로마 시인들의 시작법을 선호했는데 다음 논거는 그의 이러한 취향을 보여준다.

Le dithyrambe, genre de poésie le plus fougueux, fut chez les Anciens un hymne à Bacchus, le dieu de l'ivresse et de la fureur. C'est là que le poète se montrait plein d'audace dans le choix de son sujet et la manière de le traiter. Entièrement affranchi des entraves d'une composition régulière, livré à tout le délire de son enthousiasme, il marchait sans s'assujettir à aucune mesure, entrelaçant des vers de toute espèce, selon qu'ils lui étaient inspirés par la variété du rythme ou de cette harmonie dont la source est au fond du coeur, et qui accélère, ralentit, tempère le mouvement, selon la nature des idées, des sentiments et des images. C'est un poème de ce caractère que j'ai tenté. Je l'ai intitulé *les Éleuthéromanes ou les Fanatiques de la liberté*. Peut-être suis-je allé au-delà de la licence des Anciens. Je regarde dans Pindare la strophe, l'antistrophe et l'épode comme trois personnages qui poursuivent de concert le même éloge ou la même satire. La strophe entame le sujet; quelquefois l'antistrophe interrompt la strophe, s'empare de son idée, et ouvre un nouveau champ à l'épode qui ménage un repos ou fournit une autre carrière à la strophe. C'est ainsi que, dans le tumulte d'une conversation animée, on voit un interlocuteur violent, vivement frappé de la pensée d'un premier interlocuteur, lui couper la parole, et se saisir d'un raisonnement qu'il se promet d'exposer avec plus de chaleur et de force, ou se précipiter dans un écart brillant. La strophe, l'antistrophe et l'épode gardent la même mesure, parce que l'ode entière se chantait par le poète seul sur un même chant ou peut-être sur un chant donné.

('Dithyrambe', argument)

격정적인 서정시는 가장 열정적인 시의 장르로 고대 로마 작가들에게 있어서는 취기와 분노의 신 바쿠스의 찬가였다. 바로 이 점에서 시인은 그의 주제 선택과 주제를 다루는 방법에서 대담무쌍한 태도를 보였다 일정한 구성에 대한 속박에서 완전히 해방되고 그의 온갖 열광의 환희상태에 빠져서 시인은 어떠한 운율도 따르지 않고 온갖 종류의 시행들을 교착시키며 앞으로 나아갔다. 그 출처가 마음 깊은 곳에 있고 그리고 생각과 감정과 이미지의 본질에 따라 진행 속도를 빠르게 하고 늦추고 완화하는 그러한 다양한 조화나 또는 리듬에 의해 시행들이 그에게 인도된 것처럼. 내가 시도했던 것은 바로 이런 성격의 시다. 나는 그러한 시를 '자유의 광신자들'이라고 제목을 붙였다. 어쩌면 나는 고대 시인들의 파격 너머로 갔을지도 모른다. 나는 핀다로스 시인에게서 1연과 2연 그리고 3연을, 같은 찬사나 같은 풍자를 계속 합주하는 세 인물로 간주한다. 1연은 주제를 연다. 때때로 2연은 1연을 중단시키고, 1연의 사고를 탈취하며, 소강상태를 마련하거나 또는 1연에 다른 길을 제시하는 3연에 새로운 영역을 열어준다. 이렇게 해서, 소란한 활기찬 대화 동안에는 대화자가 첫 번째 대화자의 생각으로 깊은 인상을 받아 격해져서 그의 말을 자르고 그리고 그가 더 열렬히 활력적으로 설명하려고 하는 어떤 추론을 검토하거나, 또는 재치가 넘치는 탈선행위로 떨어지는 것을 우리가 보게 된다. 1연과 2연 그리고 3연은 같은 운율을 유지하고 있는데, 서정단시 전체는 같은 노래로 또는 어쩌면 정해진 선율로 오직 그 시인에 의해서만 노래되었기 때문이다.

(「격정적인 서정시」, 논증)

위의 글에서 디드로는 시인의 강렬한 열정에 의해 "자유를 추구하는 광신자"와 같은 시를 애호한다. 그는 로마신화의 바쿠스 신을 찬양하는 시와 그리스 핀다로스의 시를 언급함으로써 격정적이고 불규칙적으로 단숨에 도취하는 그의 시적 정취를 짐작케 한다. 그에게서 시는, 예를 들면 식사를 하며 활기차고 자유로운 분위기에서 때로는 흥분까지도 할 수 있는 낭송자의 자연스러운 영감을 따라 나오는 것이어야 한다.

그는 그와 같은 시 이론에 관한 글 외에 번역개작인 『공덕론과 미덕론 *Essai sur le mérite et le vertu*』(1745) 그리고 그의 중심 사상을 요약하는 『철학적 사유 *Pensées philosophiques*』(1746)를 쓰기도 했다. 달랑베르d'Alembert와 함께 그는 백과전서 편찬 사업도 했고 또 『맹인들에 관한 서한 *Lettre sur les aveugles à l'usage de ceux qui voient*』(1749)

에서 무신론자들에 대한 사회의 편견을 비난하기도 했다. 이 때문에 넉 달 동안이나 그는 뱅센Vincennes 감옥에서 지냈다. 그는 또 1759년에서 1781년까지 2년마다 열리는 그림 전시회에 대한 평론 보고서 형식의 『살롱 Salon』을 9편 정도 썼고 서한문 형식의 소설 『수녀 La Religieuse』(1760)와 대화체의 풍자문 『라모의 조카 Le Neveu de Rameau』(1762)도 썼다.

그처럼 디드로는 철학적 논증의 작품과 상상세계의 문학작품을 동시에 집필함으로써 지성과 감성을 하나의 영역으로 다루려 했다. 그러나 앞에서 보았듯이 그에게서 시만은 언제나 감성에 호소하는 유일한 장르로 남아 있다.

작가 약력:

1713년, 랑그르 지방의 한 칼 장수에게서 태어남.
1726년, 예수회 교도가 됨.
1729년, 파리에 정착.
1743년, 안 투아네트 샹피옹이라는 평범한 여인과 결혼. 생계를 위해 번역에 몰두.
1745년, 『공덕론과 미덕론』 출간. 이후 백과전서 편찬 등 다수의 작품을 저술.
1749년, 작품 『맹인들에 관한 서한』 때문에 파리 근교에 있는 뱅센 감옥에 4
　　　　개월간 투옥됨.
1757년, 문학에 관한 생각 차이로 1742년부터 절친하게 지냈던 친구 장 자크
　　　　루소와 헤어짐.
1759년, 당시 프랑스 사회를 여실히 보여주는 소피 볼랑과의 서신 교류 시작.
1773～1774년, 러시아 황후 카트린 2세와 상트페테르부르크에 체류. 이때 그
　　　　녀와 나눈 정치에 관한 담화문으로 『카트린 2세에 대한 추억』,
　　　　『나카즈에 관한 관찰』, 『러시아를 위한 대학교 설계도』를 발간.
　　　　이후 작품 활동 계속.
1784년, 사망.

11
고전주의와 낭만주의와 고답파 통과, 앙드레 셰니에(1762~1794)

앙드레 셰니에André Chénier는 터키의 콘스탄티노플Constantinople 에서 프랑스 외교관인 아버지와 그리스인 어머니 사이에서 태어나 3살 때 파리에 왔다. 그는 좋은 학교 교육을 받았고 특히 어머니가 파리의 문인들과 예술가들의 만남의 장소로 살롱을 자주 열어 자연스럽게 문학에도 관심을 가질 수 있었다. 성장 후에 그는 스트라스부르Strasbourg에서 1년 정도 군 생활을 한 후 1787년에 런던으로 가 프랑스 대사관 서기로 일하기도 했다. 1790년에 그는 대사관 일을 그만두고 파리에 돌아와 푀양파Feuillants 그룹에 들어가서 대혁명에 적극 참여했는데 폭력적으로 혁명을 수행하는 좌파 자코뱅Jacobin 당의 로베스피에르Robespierre의 공포정치가 거슬려 왕당파 편에서도 활동했다. 그는 루이 16세의 처형을 반대하다 이로 인해 왕이 처형된 후 1794년 3월 7일 투옥되었고 이어서 1794년 7월 25일 32세의 나이에 단두대의 이슬로 사라졌다.

셰니에의 그러한 일대기는 1896년 3월 이탈리아의 밀라노Milan에서 처음으로 오페라화되었고 이후 2010년 10월 한국에서 '안드레아 쉐니에'라는 제목으로 서울시 오페라단에 의해 공연되었다.

　그의 작품들은 그의 사후인 1819년에 비로소 발표될 수 있었는데 그가 오래 살지 못해 완성된 작품이 많지 않다. 그가 런던에서 일하는 동안 "새로운 사상 위에 고대의 시를 만들자 Sur des pensers nouveaux faisons des vers antiques"라는 기치 아래 쓴『발명 L'Invention』(1787)이 있고, 또 그가 디드로Diderot와 콩디야크Condillac 등에 의해 영감을 받은 후 인류의 진보에 대해 사색하는 철학 시『헤르메스 Hermès』가 있다. 역사 시인『아메리카 L'Amérique』도 있는데 이 작품은 미국 독립전쟁(1775~1783) 당시 영국에 대항한 식민지군과 새로운 세계를 찬양하고 있다. 그가 칼리마크Callimaque와 베르길리우스Virgile를 모방해서 1778년부터 쓰기 시작한『목가 Bucoliques』는 고대의 영감을 부활시키면서 낭만적 서정성을 자아낸다. 이 외에도『애가 Élégies』가 있고, 그가 죽기 전 감옥에서 과격한 혁명파들을 비난하며 쓴 12편의『풍자시집 Iambes』도 있다. 시집『오드 Odes』에 포함된「젊은 여자 포로 La jeune Captive」도 그가 감옥에서 쓴 것이다.

　셰니에는 그리스인인 어머니 덕분으로 그리스 고전시와 문화에 접할 기회가 많았기 때문에 그리스적인 감성에 의한 서정적 정서가 풍부했다고 한다. 그의 시 한 편을 본다.

> Déjà l'hiver expire, et Phoebus dans son cours
> Partage également et les nuits et les jours.
> Nos champs verront bientôt revenir l'hirondelle.
> Que j'aime à contempler……
> Ces arbres nus encor de nouveaux feux dorés,
> Et des toits d'alentour les faîtes colorés!
> Et là, cet humble toit, que des chaumes composent!

Deux pigeons, au soleil, ensemble s'y reposent;

Leurs yeux et leurs baisers s'unissent mollement;

Leur plumage s'agite et frémit doucement.

Hélas! Je sens couler dans mon âme inquiète

Une mélancolie et profonde et muette;

Quelque chose me manque, et je ne sais quels voeux······

Ah! faut-il être seul et témoin de leurs jeux!

('Le retour du printemps', Fragments d'idylles)

겨울은 벌써 끝나가고 운행 중의 포이보스는
밤도 낮도 균등하게 분배한다.
머지않아 제비 돌아오는 모습이 들녘에 보이리라.
새롭게 빛나는 금빛 불로 아직 벌거벗은 이 나무들과
주변 지붕의 붉은 빛 용마루를
감탄하며 바라보는 걸 난 얼마나 좋아하는지 몰라!
그리고 저기, 저 누추한 지붕, 초가 이엉이 얼마나 잘 이어져 있는지!
양지 바른 곳에 비둘기 한 쌍 함께 휴식을 취하니
그들의 눈길과 입맞춤이 살포시 합쳐지고
그들의 깃털은 부드럽게 흔들리며 전율한다.
아아! 나의 불안한 영혼 속에
깊고도 적막한 우수가 흐르고 있음을 느끼니
내게 무언가 부족한 듯, 하지만 난 내가 무얼 소망하는지 몰라······
아! 정말로 그들의 유희를 지켜보는 유일한 사람이고 증인일 수
밖에 없는가!

(「봄의 귀환」, 『전원시 단편』)

　이 시의 주체는 낭만주의 시에서 흔히 나타나는 주체의 주관적 정서인 바로 그 "우수"에 젖어 있다. 그러면서도 동시에 그는 이 개

인적인 감성을 넘어 "비둘기들"의 놀이를 "증인"의 눈으로 바라보는 객관적인 입장으로 돌아온다. "돌아오는 봄"을 맞이하며 주체가 느끼는 이와 같은 이중의 정서는 바로 각각의 시행이 마치 고대 그리스나 로마의 시 형식에서처럼 아주 절도 있게 일정한 방식을 취하며 척치enjambement 등 뜻밖의 돌변상황이 없이 부드럽게 12음절의 음률을 유지하는 가운데 솟아난다. 시는 따라서 "새봄"이 상징하는 진보적이고 신선한 사상을 오래전 고대의 또는 고전주의적인 시 형식 속에서 낭만주의적이고 동시에 고답파적인 서정성을 보여주는 듯하다.

고전주의와 낭만주의 그리고 파르나스파를 모두 아우르는 시의 정취는 셰니에 문학의 전형적인 특징이라고 할 수 있다.

작가 약력:

1762년, 콘스탄티노플에서 출생.
1765년, 프랑스 외교관인 아버지와 그리스인 어머니와 함께 파리에 정착.
1787년, 런던 주재 프랑스 대사관 서기로 근무.
1790년, 파리로 귀환. 푀양파 그룹에 가담 후 대혁명에 적극 참여.
　　　　로베스피에르의 공포정치에 반대.
1794년, 루이 16세에 대한 처형 반대로 3월 7일 투옥.
　　　　7월 25일 단두대에서 처형됨.

12
심정 토로의 서정시인,
알퐁스 드 라마르틴(1790~1869)

알퐁스 드 라마르틴Alphonse de Lamartine은 포도 산지로 유명한 마콩Mâcon 지역의 왕당파 가문에서 태어나 어린 시절을 밀리Milly 라는 시골에서 보냈다. 그는 이곳에서 자연이 주는 평온함을 맛보며 가톨릭 신앙교육을 받았고 호라티우스Horace와 페트라르카Petrarca 등 고전작가들의 작품을 읽었다. 성장 후에는 정치 활동이 그의 주된 생활이었고 문학 활동은 그의 여백의 시간에 주로 이루어졌다. 하지만 그는 정치에서보다는 문학 분야에서 더 빛이 나 1829년에 아카데미 프랑세즈 회원이 되는 등 프랑스 시문학사에 큰 자취를 남겼다.

이 시인은 1820년경부터는 나폴리Naples와 피렌체Florence 등지에서 대사관 직원으로, 1833년에는 국회의원으로, 1848년 혁명 이후 과도기에는 온건파로서 공화국 임시정부의 외무장관으로 또는 국가수반으로 일했고, 1851년에 일어난 나폴레옹Napoléon 3세의 쿠데타로 공화국 체제가 붕괴된 후에야 정계를 떠났다. 이처럼 다채로운 정치생활 중에도 그는 틈틈이 자신의 순수한 서정적 심사를 토로하는 듯한 작품들을 쓰며 정치사회적 혼돈의 시대에 살았던 당시 프랑스 대중을 위로했다.

그의 운문시 작품들로는 『첫 명상시집 *Premières Méditations*』(1820)
과 『신명상시집 *Nouvelles Méditations poétiques*』(1823), 『시적·종교적 해
조시집 *Les Harmonies poétiques et religieuses*』(1830), 『명상록 *Les Recueillements*』
(1839) 등이 있고, 서사시집으로는 도덕과 종교에 관한 내면의 성찰
인 『조슬렝 *Jocelyn*』(1836)과 『천사의 추락 *La Chute d'un Ange*』(1838)
등이 있다. 그는 시뿐만 아니라 『라파엘 *Raphaël*』(1849)과 『그라지
엘라 *Graziella*』(1852) 등 소설작품도 썼다. 그가 일생을 거의 정계에
서 활동했던 만큼 『지롱드당사 *L'Histoire des Girondins*』(1847)와 『왕정
복고 시대의 역사 *L'Histoire de la Restauration*』(1853) 등 정치에 관한
저서들도 있다.

그의 시는 특히 물질세계를 넘어 불멸의 세계에 이르려는 철학적
사색을 바탕으로 자연이나 사랑, 고독, 신앙, 죽음, 정치, 역사 문제
등을 감격과 슬픔, 절망 또는 환희 등 다양한 서정적 정서로 표출시킨다.
「호수 Le lac」, 「고독 L'isolement」, 「계곡 Le vallon」, 「가을 L'automne」
등의 시편들이 수록되어 있는 『첫 명상시집』은 프랑스 낭만파 시의
서곡이라 할 수 있는 그의 대표작이다. 빅토르 위고Victor Hugo, 알
프레드 드 비니Alfred de Vigny, 알프레드 드 뮈세Alfred de Musset와
함께 프랑스 낭만주의 4대 시인으로 그를 자리매김하게 해준 이 시
집은 자주 등장하는 어떤 한 여성에 대한 일화로도 유명하다. 시인
은 1816년 9월 엑스 레 뱅Aix-les-Bains에서 온천 치료를 하던 중 한
늙은 물리학자의 젊은 부인으로 폐렴 치료차 이곳에 온 쥘리 샤를
Julie Charles을 부르제Bourget 호숫가에서 만나 사랑을 하게 된다.
이후 두 사람은 다음 해에 다시 그 호숫가에서 만나기로 했으나

1817년 12월 파리에서 그녀가 사망함으로써 그들의 재회는 이루어질 수 없었다. 시인은 이때 겪은 가슴을 에는 듯한 사랑의 슬픈 추억을 회상하며 호수와 계곡 등 자연풍경과 함께 그녀를 종종 엘비르Elvire라는 이름으로 시 속에서 부활시킨다. 1820년 영국 여인 엘리자베스 버치Elisabeth Birch가 그의 아픈 마음을 달래주어 그는 그녀와 결혼했다.

그의 시 중에서 「가을」을 음미해본다.

Salut, bois couronnés d'un reste de verdure!
Feuillages jaunissants sur les gazons épars!
Salut, derniers beaux jours! le deuil de la nature
Convient à la douleur et plaît à mes regards.

Je suis d'un pas rêveur le sentier solitaire;
J'aime à revoir encor, pour la dernière fois,
Ce soleil pâlissant, dont la faible lumière
Perce à peine à mes pieds l'obscurité des bois.

Oui, dans ces jours d'automne où la nature expire,
A ses regards voilés, je trouve plus d'attraits;
C'est l'adieu d'un ami, c'est le dernier sourire
Des lèvres que la mort va fermer pour jamais.

Ainsi, prêt à quitter l'horizon de la vie,
Pleurant de mes longs jours l'espoir évanoui,
Je me retourne encore, et d'un regard d'envie
Je contemple ses biens dont je n'ai pas joui.

Terre, soleil, vallons, belle et douce nature,
Je vous dois une larme aux bords de mon tombeau!
L'air est si parfumé! la lumière est si pure!
Aux regards d'un mourant le soleil est si beau!

Je voudrais maintenant vider jusqu'à la lie
Ce calice mêlé de nectar et de fiel:
Au fond de cette coupe où je buvais la vie,
Peut-être restait-il une goutte de miel!

Peut-être l'avenir me gardait-il encore
Un retour de bonheur dont l'espoir est perdu!
Peut-être, dans la foule, une âme que j'ignore
Aurait compris mon âme, et m'aurait répondu! ……

La fleur tombe en livrant ses parfums au zéphire;
A la vie, au soleil, ce sont là ses adieux:
Moi, je meurs; et mon âme, au moment qu'elle expire,
S'exhale comme un son triste et mélodieux.

('L'automne', Premières Méditations)

안녕, 아직 한 가닥 푸름으로 덮여 있는 숲이여!
잔디 위에 흩어져 황금빛으로 물드는 나뭇잎이여!
안녕, 마지막 아름다운 날들이여! 자연의 죽음은
그 고통과 어울려 나의 눈길에 사랑스럽다.

나는 꿈에 젖어 걸으며 아무도 없는 오솔길을 따라간다.
마지막으로 다시 또 나는 보고 싶다

창백해지는 이 태양을. 그 희미한 빛으로
숲의 어둠은 내 발치에서 겨우 뚫리고.

그렇다. 자연이 숨을 거두는 이 가을날
베일에 가린 그 눈길 속에서 나는 더 많은 매력을 발견한다.
그건 한 친구의 작별이고, 죽음으로
영원히 닫히려는 입술의 마지막 미소다.

이렇게 인생의 지평선을 떠나갈 준비를 하고
나의 오랜 세월 동안의 희망이 꺼져 감을 슬퍼하며
나는 다시 뒤돌아서서 선망의 시선으로
내가 향유하지 못했던 삶의 행복을 깊이 생각해본다.

대지여, 태양이여, 계곡이여, 아름답고 다정한 자연이여,
그대들 탓에 나는 죽음의 기슭에서 눈물 흘리누나!
대기는 얼마나 향기로운고! 빛은 얼마나 순수한지!
죽어가는 자의 시선에 태양은 참으로 아름다워라!

과즙과 담즙이 섞인 이 술잔을
나는 이제 찌끼까지 비우려 한다.
내가 생명을 마시던 이 잔 바닥에
어쩌면 꿀 한 방울이 남아 있었을지도 모르니!

희망이 사라져 버린 행복을
어쩌면 미래가 내게 다시 되돌려줄지도 몰라!
어쩌면 군중 속에서 내가 모르는 한 영혼이
나의 영혼을 이해하고 내게 회답해주었을지도 몰라!

미풍에 향기를 바치며 꽃이 떨어진다.
그건 바로 생과 태양과의 고별인사.
나는 죽어가고, 내 영혼은 숨을 거두는 순간
감미로운 슬픈 음향처럼 퍼져 나간다.

(「가을」, 『첫 명상시집』)

이 시는 푸르게 우거졌던 숲의 나뭇잎들이 어느덧 낙엽으로 떨어
져버리는 가을의 정경을 그리며 인간 삶의 지루함, 권태, 무상함 그
리고 죽음에 대한 비탄을 표현한다. 그러면서도 6연과 7연이 보여
주듯이 시는 생의 행복을 기대하게 하기도 한다. 이 희망은 어쩌면
영국 여자 버치를 향한 시인의 사랑의 힘에서 오는 것일 수 있다.
실제로 시인은 샤를 부인이 죽은 지 2년 후인 1819년 10월 말경 버
치와의 결혼을 앞두고 이 시를 썼다고 한다. 시는 비교적 조화로운
운의 리듬을 유지하며 4행씩 구성된 8연 전체를 통해 자연이 가져
다주는 현실적인 감성을 바탕으로 죽음의 슬픔과 생의 기쁨 사이에
서 갈등하는 인간의 그러한 깊은 정서를 표현함으로써 낭만파 선봉
인 시인의 예민하고 다정다감한 상상력을 짐작케 한다.

작가 약력:

1790년, 마콩에서 태어남.

1816년, 9월 엑스 레 뱅에서 이곳에 요양하러 온 젊은 유부녀 쥘리 샤를을
부르제 호숫가에서 만나 사랑에 빠짐.

1817년, 12월 파리에서 쥘리 샤를 사망. 부르제 호숫가에서의 그녀와의 재회
가 이루어지지 못함.

1820년, 영국 여인 버치와 결혼. 이 무렵 나폴리와 피렌체 등지에서 프랑스
대사관 직원으로 근무.

1829년, 아카데미 프랑세즈 회원이 됨.

1833년, 국회의원에 당선됨.

1848년, 공화국 임시정부의 외부장관직 수행.

1851년, 나폴레옹 3세 등극으로 정계 은퇴.

1869년, 빈곤과 외로움 속에서 사망.

13
"상아탑"의 시인,
알프레드 드 비니(1797~1863)

알프레드 드 비니Alfred de Vigny는 로슈Loches 지방의 한 귀족 가문에서 태어났다. 그는 군인 장교 출신인 아버지의 용맹한 정신을 이어받아 1814년 17세 때 군대에 들어가 왕정복고 시대에 근위 기병 사관이 되었다. 그러나 군 생활이 기대했던 것과는 달리 평화롭고 단조롭기 그지없어 그는 1827년 30세 때 군대를 떠났다.

군 복무 동안에 그는 생활에 활력을 주기 위해 낭만파 작가들과 교류하면서 처음으로 『시집 *Poèmes*』(1822)을 발표했고 이 작품을 수정·보완한 『고금시집 *Poèmes antiques et modernes*』(1826)과 소설 『생마르스 *Cinq-Mars*』(1826)도 출간했다. 제대 후에 그는 낭만주의 작가 계열에서 본격적으로 활동하며 소설작품들 『스텔로 *Stello*』(1832)와 『군대의 구속과 권위 *Servitude et grandeur militaires*』(1835), 그리고 희곡작품들 『앙크르 원수 부인 *La Maréchale d'Ancre*』(1831)과 『체터튼 *Chatterton*』(1835, 소설 『스텔로』를 극화한 작품)을 발표했다.

문학 활동을 하면서 동시에 그는 부르주아 계급을 두둔하는 오를레앙Orléans가의 루이 필립Louis Philippe의 정책에 반대하며 민주주의를 옹호하는 운동을 하기도 했다. 1837년에는 어머니가 세상을

떴고 여배우 마리 도르발Marie Dorval과의 사랑도 끝나버려 그는
비관주의적인 소설 『다프네 *Daphné*』(1837)를 남기고 1838년경부터
파리에서 은둔생활로 들어갔다. 비평가 생트뵈브Sainte-Beuve의 표
현을 빌리면 그는 소위 "상아탑 la tour d'ivoire"에 들어가 사색하며
글 쓰는 데만 전념했다. 그래서 그의 모든 작품 활동이 인정을 받아
1845년에 아카데미 프랑세즈가 그를 회원으로 받아들였다. 계속 준
비해 오던 『운명시집 *Les Destinées*』이 그가 죽은 1년 후(1864)에 출
간되었다.

시와 희곡, 소설 등 비니의 작품들은 흔히 냉혹한 정치계와 사회
현상 그리고 언제나 대답 없는 무심한 자연세계 등에 대해 예민한
감수성으로 최대한 절망하고 괴로워하는 그의 염세적인 정서를 보
여준다. 그러면서도 작품들은 그러한 회의적인 심경이 작가 내면의
깊은 철학적 사색으로 극복되는 낙관적인 극기주의적 경향도 보여
준다. 이와 같은 양면적인 작품 경향은 특히 시의 경우에 그를 라마
르틴Lamartine, 위고Hugo, 뮈세Musset와 함께 낭만파를 대표하는 4
대 시인 중의 한 사람으로 만들었다.

두 권의 시집 중 『운명시집』에 수록된 시의 일부를 통해 그의 시
문학 경향을 실제로 본다.

Depuis le premier jour de la création,
Les pieds lourds et puissants de chaque Destinée
Pesaient sur chaque tête et sur toute action.

Chaque front se courbait et traçait sa journée,

Comme le front d'un boeuf creuse un sillon profond
Sans dépasser la pierre où sa ligne est bornée.

Ces froides déités liaient le joug de plomb
Sur le crâne et les yeux des Hommes leurs esclaves,
Tout errants, sans étoile, en un désert sans fond;

Levant avec effort leurs pieds chargés d'entraves,
Suivant le doigt d'airain dans le cercle fatal,
Le doigt des Volontés inflexibles et graves.

[······]

Détachant les noeuds lourds du joug de plomb du Sort,
Toutes les Nations à la fois s'écrièrent:
"O Seigneur! est-il vrai? le Destin est-il mort?"

Et l'on vit remonter vers le ciel, par volées,
Les filles du Destin, ouvrant avec effort
Leurs ongles qui pressaient nos races désolées;

Sous leur robe aux longs plis voilant leurs pieds d'airain,
Leur main inexorable et leur face inflexible;
Montant avec lenteur en innombrable essaim,

D'un vol inaperçu, sans ailes, insensible,
Comme apparaît au soir, vers l'horizon lointain,
D'un nuage orageux l'ascension paisible.

−Un soupir de bonheur sortit du coeur humain;
La terre frissonna dans son orbite immense,
Comme un cheval frémit délivré de son frein.

[······]

('Les destinées', *Les Destinées; poëmes philosophiques*)

창조의 첫째 날 이래로
각 운명의 무거운 강력한 발들이
각각의 머리와 모든 행동을 억누르고 있었다.

황소 한 마리의 머리가 그 윤곽선이 경계 지어지는
돌을 넘어서지도 않고 깊은 밭고랑을 파듯
각자의 머리가 숙여지며 하루의 여정을 그리고 있었다.

그들의 노예인 인간들의 두개골과 눈 위로
냉정한 신들은 무거운 멍에를 지우고 있었다.
인간들은 끝없는 사막에서 별도 없이 유랑하며

족쇄 채워진 발을 간신히 들어올리고
운명의 고리 안에서 비정한 손가락을,
근엄한 굳은 의지의 손가락을 뒤따라간다.

[······]

짓누르는 운명의 멍에에서 묵직한 매듭을 풀며
모든 민족이 동시에 외쳤다.
"오 주여! 그것이 사실인가요? 운명의 신이 죽었다는 것이?"라고.

그리고 운명의 세 여신이 무리지어 하늘로
비상하는 것이 보였다. 비탄에 잠긴 우리 족속을
조이고 있던 손발톱을 간신히 벌려주며 여신들은

그녀들의 견고한 발과 가혹한 손,
단호한 얼굴을 가리는 긴 주름 드레스 입고
날개도 없이 아주 작게 눈에 띄지 않는 비상으로

수많은 꿀 벌레처럼 느릿느릿 올라간다.
소낙비 퍼부을 구름의 평화로운 상승이
저녁에 먼 지평선 쪽으로 나타나듯이.

－행복의 한숨은 인간의 가슴에서 나왔다.
말이 재갈에서 풀려나 전율하듯
대지도 자신의 거대한 궤도 안에서 전율했다.

[……]

(「운명」, 『운명; 철학 시』)

이 시행들은 인간의 영혼이 운명이라는 "멍에" 속에서 어쩔 수 없이 짓눌려 살아야만 하는 가혹한 현실을 말한다. 인간의 청을 들어주지 않고 그의 "노예"로만 삼는 냉혹한 "신" 때문에 인간의 운명은 피할 수 없는 절망 그 자체일 뿐이다. 그런데 이러한 절망 뒤편에는 "행복"이 숨 쉬고 있다. 인간의 의식 또는 정신현상의 소산인 이 두 감정은 극단의 대치상태에 있으면서도 서로 분리되지 않는다. 사실 "행복"은 인간이 숙명적으로 따라다니는 그의 비극적인

고뇌의 감정을 인고의 노력으로 마치 "구름이 평화롭게 하늘로 상
승"하듯 승화시킬 때 온다. 비니가 인간의 운명을 바라보는 시각은
이렇듯 비관적인 상황에 입각해서 낙관적인 상황을 창출한다.

작가 약력:

1797년, 로슈 지방에서 출생.
1814년, 근위기병 사관으로 군 생활 시작. 낭만파 작가들과 교류.
1827년, 군인 직업 청산. 작품 쓰기에 전념.
1837년, 어머니 별세.
1838년경, 여배우 마리 도르발과의 사랑의 실패 등으로 낙담해 파리에서 은둔
　　　　생활 시작.
1845년, 아카데미 프랑세즈 회원이 됨.
1861년경, 은둔의 삶에서 나옴.
1863년, 위암으로 사망.

14
시의 사회참여,
빅토르 위고(1802~1885)

빅토르 위고Victor Hugo는 브장송Besançon에서 태어나 나폴레옹 Napoléon군의 한 장교인 아버지를 따라 이탈리아와 스페인 등에 머물다 10살 때 파리에 왔다. 이때부터 그는 시 쓰는 일에 몰두해 1817년에 아카데미 프랑세즈Académie française의 현상 공모전에 제출된 시가 당선되기도 했다.

시집 『오드집 *Les Odes*』(1822)은 그를 명실공히 시인으로 만들어 주어 이를 기반으로 그의 문학 활동이 확대되었다. 1827년에 그는 비니Alfred de Vigny, 뮈세Alfred de Musset, 네르발Gérard de Nerval, 들라크루아Delacroix, 생트뵈브Sainte-Beuve 등과 함께 세나클Cénacle 을 결성하여 당시의 고전주의 문학 경향을 배격하고 새로운 낭만주의 문학을 주장했는데 연극작품 『크롬웰 *Cromwell*』(1827)의 서문에 이 점이 명백히 나타나 있다. 희곡 『에르나니 *Hernani*』(1830)를 성 공리에 상연해서 낭만주의 문학을 프랑스 문단에 확고히 자리 잡게 했고 또 소설 『파리의 노트르담 *Notre-Dame de Paris*』(1831), 희곡 『뤼 블라스 *Ruy Blas*』(1838) 등을 출간함으로써 위고는 1841년에 아카데미 프랑세즈 회원이 되었다.

그런데 1843년에 희곡 『성주들 *Les Burgraves*』의 공연이 실패로 끝났고 또 같은 해에 맏딸 레오폴딘Léopoldine이 남편과 센Seine 강에서 뱃놀이를 하다 익사했다. 그의 아내 아델 푸셰Adèle Foucher와 세나클 동지인 생트뵈브의 애정관계도 탄로 나는 등 연달아 일어난 충격적인 사건으로 그는 10여 년 동안 더 이상 시를 쓰지 않고 정치 활동만 했다. 왕당파로 또는 자유민주주의파로 활동하다 그는 1851년 쿠데타로 정권을 잡은 나폴레옹 3세에 의해 국외로 추방을 당하기도 했다. 1870년까지 19년의 망명기간은 오직 작품들만을 집필할 수 있었던 그의 문학 활동의 가장 중요한 시기였다. 시 작품들 『징벌시집 *Les Châtiments*』(1853)과 『정관시집 *Les Contemplations*』(1856), 그리고 『세기의 전설 *La Légende des Siècles*』(1859) 등은 모두 그때 나왔다.

나폴레옹 3세의 정권이 보불전쟁에서 패하고 프랑스가 공화제로 다시 되어서야 1870년 위고는 파리로 돌아왔는데 본인의 정치적 이념을 굳건히 지켰던 그의 이런 투철한 정신은 지금도 프랑스인들의 가슴에 깊이 남아 있는 듯하다. 유명한 역사적 사건이나 인물들의 이름으로 흔히 지칭되는 프랑스 전국의 도로명 중에 위고의 이름이 그 누구의 이름보다 훨씬 더 많이 사용되고 있음은 바로 그 증거가 아닌가 한다. 물론 프랑스인들은 그의 작품들의 문학적 가치도 높이 평가하지만 그들의 삶에 대한 현실적인 시각에 직접 밀착될 수 있는 그의 정치 활동에도 많은 관심을 가지고 있음이 틀림없다.

파리로 귀환한 후에도 집필 활동은 계속되어 위고는 시, 희곡, 소설, 평론, 기행문 등 많은 글을 썼다. 『동방시집 *Les Orientales*』(1829), 『가을의 나뭇잎 *Les Feuilles d'automne*』(1831), 『빛과 그림자 *Les Rayons et les Ombres*』(1840), 『황혼의 노래 *Les Chants du crépuscule*』(1835), 『내면의 목소리 *Les Voix intérieures*』(1837) 등의 시집들에서는 낭만적 정서라 할 수 있는 각양각색의 서정성과 상징적 심상이 폭포수처럼 솟아오르고 있는데 때로 다듬어지지 않고 지나치게 과장된 표현으로 시 주체의 넘쳐흐르는 감동이 느껴진다. 험난한 현실과 불투명한 이념들 또는 인간 내면으로부터 오는 평온한 마음 등 극히 반대되는 양면적인 상황들을 동시에 넘나드는 시인의 격정적인 자유로운 영혼이 짐작된다.

위고에게서 시는 그처럼 폭발적인 낭만적 감성의 표출구도 되지만 동시에 인류를 선도하기 위한 사회참여의 장이기도 하다. 시에 대한 그의 특별한 사명의식을 보여주는 작품이 있다.

> Le poète en des jours impies
> Vient préparer des jours meilleurs.
> Il est l'homme des utopies,
> Les pieds ici, les yeux ailleurs.
> C'est lui qui sur toutes les têtes,
> En tout temps, pareil aux prophètes,
> Dans sa main, où tout peut tenir,
> Doit, qu'on l'insulte ou qu'on le loue,
> Comme une torche qu'il secoue,
> Faire flamboyer l'avenir!
>
> [······]
>
> Il rayonne! il jette sa flamme

Sur l'éternelle vérité!
Il la fait resplendir pour l'âme
D'une merveilleuse clarté.
Il inonde de sa lumière
Ville et désert, Louvre et chaumière,
Et les plaines et les hauteurs:
A tous d'en haut il la dévoile:
Car la poésie est l'étoile
Qui mène à Dieu rois et pasteurs.

('Fonction du poète', Les Rayons et les Ombres)

신을 모독하는 시대에 시인은
더 나은 날을 예비하러 온다.
두 발을 이곳에 두 눈을 다른 곳에 둔 채
그는 이상향을 쫓는 인간이다.
시인 바로 그는 모든 사람 위로
모든 시대에 선지자들과 똑같이,
모두가 부여잡을 수 있는 그의 손 안에서,
모욕을 당하든 칭찬을 받든,
그가 흔드는 횃불처럼
미래를 불타오르게 해야 하리!

[……]

그는 빛이 난다! 영원한 진리 위에
그는 불꽃을 내뿜는다!
경이로운 빛으로
영혼을 위해 그는 불꽃을 반짝거리게 한다.

도시와 사막을, 루브르 궁전과 초가집을,
그리고 평야와 고지를
그는 빛에 잠기게 한다.
높은 데서 모든 것에 그는 빛을 드러낸다.
시는 천주 왕들과 목자들에게 이르게 하는
별이기 때문이리라.

(「시인의 임무」, 『빛과 그림자』)

이 시에 의하면 시인은 평온한 명상을 하며 안일한 삶의 시를 쓰기보다는 문명의 흐름에 흠뻑 젖어 있는 도시사회 속에서 철저히 대중의 삶을 밝혀야 한다. 시인은 혁명적인 사고방식으로 기존의 사회적 전통을 반대하기도 하고 때로는 생각을 바꾸어 전통에 충실하면서 "신"으로부터 오는 "영원한 진리"를 민중에게 전달하는 "횃불"이 되어야 한다.

철학, 역사, 정치, 사회, 자연, 사랑, 가족 등 모든 면에서 글의 주제를 찾아내며 위고는 폭넓은 낭만적 상상력으로 시의 사회개입을 유도한다.

작가 약력:

1802년, 브장송에서 출생.

1812년, 파리에 옴.

1817년, 아카데미 프랑세즈 공모전에 시 당선.

1814~1818년, 코르디에 기숙학교에서 생활.

1819년, 루이 르 그랑 고교에서 파리의 이공과 대학 입학시험 준비. 투르즈
　　　　문학 경기대회에서 수상. 이후 그의 형제들 아벨, 으젠과 함께 잡지
　　　　『문학 보수주의자』 창간.

1830년, 에르나니 투쟁.

1841년, 아카데미 프랑세즈 회원이 됨.

1848년, 좌익계 민주당원으로 활동.

1851년, 나폴레옹 3세에 의해 국외로 추방되어 저어지 섬과 게른지 섬 등에 체류.
　　　　여배우 줄리에트 드루에와 사랑의 날들을 보냄.
　　　　소설작품들 『레미제라블』(1862), 『바다에서 일하는 사람들』(1866)과
　　　　시집 등 많은 작품을 집필.

1870년, 공화국이 된 프랑스로 돌아옴.

1876년, 상원의원으로 임명됨.

1881년, 파리 정부가 그의 80세를 경축해줌.

1885년, 팡테옹에 묻힘.

15
꿈과 환상 속에 산 시인,
제라르 드 네르발(1808~1855)

제라르 라브뤼니Gérard Labrunie라는 본명을 가진 제라르 드 네르발Gérard de Nerval은 어머니를 아주 일찍 여의고 발루아Valois 지방에 있는 큰 아버지 앙투안 부셰Antoine Boucher 집에서 유년시절을 보냈다. 이후 그는 파리의 샤를마뉴Charlemagne 중고등학교에 다녔고 이때 미래의 고답파 시 장르의 선구자가 될 친구 테오필 고티에Théophile Gautier를 알게 되었다. 이 친구와의 만남은 문학인으로서의 그의 삶에 큰 힘이 되어주었다. 물론 네르발은 이미 그 자신이 책을 읽고 글을 쓰는 데 많은 취미가 있어서 1828년에 괴테Goethe의 『파우스트 *Faust*』를 번역하고 시와 산문도 쓰고 있었다. 그런데 1836년에 그가 창백한 얼굴을 한 아리따운 여배우이자 가수인 제니 콜롱Jenny Colon을 사랑하게 된 것이 문제였다. 그녀가 이 시인의 사랑에도 불구하고 다른 남자와 결혼을 함으로써 그는 1841년에 정신착란증에 빠져버린 것이다. 더구나 그녀가 1842년에 갑자기 세상을 뜨자 그의 충격은 더해져 정신병원을 수시로 드나드는 힘겨운 삶이 본격화되었다. 성인이 되자마자 부모의 유산도 꽤 물려받았으나 그는 문학과 관련되는 잡지사 운영 등을 실패함으로써 정신이상이 오기 전에 이미 유산을 모두 탕진해버려 가난과도 싸워야만 했다. 1855년 1월 25일 파리의 어느 골목길에서 목을 매 자살할 때까지 그는 어느 누구보다도 더 불행한 생애를 살았다.

그는 정신질환을 앓으면서도 여러 작품을 남겼는데 그 문학적 가치는 20세기에 와서야 인정을 받았다. 그의 작품들은 흔히 영화의 한 장면처럼 꿈과 현실이 겹치며 지나가는 듯한 묘한 분위기를 창출하기도 하고, 또는 색과 향기, 소리 등 자연요소들의 조화를 통해 어떤 환상의 세계를 배가시키기도 해서 다소 애매모호하고 난해한 의미를 창출한다. 하지만 바로 이러한 경향은 19세기 중반 이후에 활짝 필 상징주의 시 문학과 20세기 초반에 나타날 초현실주의 문학의 기원이 됨으로써 현대 비평가들이 그의 작품들을 재평가하고 있다. 그의 대표작품들로는 시집으로 『환상 *Illusions*』(1853)과 『몽상 *Les Chimères*』(1853)이 있고, 산문집으로 『실비 *Sylvie*』(1853)와 『판도라 *Pandora*』(1853~1854), 『오렐리아 또는 꿈과 인생 *Aurélia ou le Rêve et la Vie*』(1853~1854)이 있다. 『불의 딸들 *Les Filles du feu*』(1854), 『동방 여행 *Voyage en Orient*』(1851), 『보헤미아의 작은 성들 *Petits châteaux de Bohème*』(1853) 등도 그의 문학경향을 특징지을 수 있는 주요 작품들이다.

네르발은 자신이 정신병자가 아니고 오히려 현실 속에 굳건히 서 있는 정상인이라는 것을 모든 사람에게 확인시켜주기 위해 『오렐리아』를 쓴다고 주장했지만, 그가 그토록 적지 않은 작품들을 쓸 수 있었던 것은 아마도 그로 하여금 현실과 현실 너머의 세계를 오고 가게 한 바로 그의 정신착란이 그에게 창작의 힘이 되었기 때문일 것이다. 작품들 중에서 시 한 편을 본다.

Où sont nos amoureuses?
Elles sont au tombeau:
Elles sont plus heureuses,
Dans un séjour plus beau!

Elles sont près des anges,
Dans le fond du ciel bleu,
Et chantent les louanges
De la mère de Dieu!

O blanche fiancée!
O jeune vierge en fleur!
Amante délaissée,
Que flétrit la douleur!

L'éternité profonde
Souriait dans vos yeux······
Flambeaux éteints du monde,
Rallumez-vous aux cieux!

('Les cydalises', Odelettes)

우리의 사랑하는 여인들은 어디에 있는가?
그녀들은 무덤에 있지.
보다 아름다운 거주지에서
그녀들은 더 행복해하네!

푸른 하늘 깊은 곳의
천사들 곁에서 그녀들은

신의 어머니를
찬양하는 노래를 하네!

오 창백한 하얀 약혼녀여!
오 꽃 같은 순결한 처녀여!
고통으로 시들어진
버림받은 연인이여!

깊은 곳의 영원이
그대들 눈 속에서 방긋 웃고 있었지……
세계의 꺼져버린 횃불들이여,
하늘에서 다시 불타올라라!

(「시달리즈」, 『소 서정시』)

그가 3세 때 세상을 떠난 어머니와 그의 사랑을 알고도 모른 체한 제니 콜롱 등은 네르발에게 여인이란 손에 잡히지 않는 미지의 대상으로 늘 머나 먼 곳에 있는 존재들이라는 생각을 하게 한다. 따라서 "천사들 곁에서 신의 어머니를 찬양하는" 여인들은 시의 주체로 가면을 쓴 시인의 어머니와 제니 콜롱을, 즉 먼 천국에서 그를 기다릴지도 모를 두 여인을 지칭할 수 있다. 특히 "창백한 하얀 약혼녀"와 "꽃 같은 순결한 처녀"는 아마도 그의 뇌리에서 늘 떠나지 않는 제니 콜롱의 모습일 수도 있다. 이와 같은 이미지를 지니는 여인들은 그의 다른 작품들에서 나타나는 오렐리아Aurélia와 아드리엔느Adrienne 같은 처녀들을 상기시키기도 한다. 그런데 다른 한편으로, 시인에게 언제나 서글픈 추억만을 되새기게 하는 그의 어머니와 제니 콜롱이 "천사와 신 곁에" 있고 그래서 거의 여신의 모습을 하고 있다고 생각하면, 그녀들은 그의 작품들 곳곳에서 흔히 언급되는 영원불멸의 여성들인 이집트 여신 이시스Isis와 성모마리아Vierge를 상기시킨다고 할 수도 있다. 여인들의 신비롭고 환상적인 이러한 이미지는 아마도 시인이 그가 어린 시절을 보냈던 발루아 지방의 아주 풍부한 신화와 전설 또는 그가 관심 두었던 독일의 민간 전설을 기반으로 해서 그의 마음속에 간직된 여인들의 이미지를 일종의 광증 상태에서 상상함으로써 창출된 것이 아닌가 한다.

시에서 여인들은 결국 시인 개인의 깊은 무의식 속에 잠재되어 있는 현실의 여인들과, 그리고 "꺼져버린 횃불들"처럼 이미 사라져버린 듯한 인류공동체의 집단무의식으로부터 다시 되살아나게 해야만 하는 어떤 미지 세계의 신성한 여인들의 혼합체일 수 있다. 그에게서 시는 몽롱한 꿈과 환상 속에서 낭만의 서정적 감성으로 현실의 여인들을 불멸의 신으로 격상시키기 위한 투쟁의 장소가 된다.

작가 약력:

1808년, 출생 후 곧 어머니와 사별하고 아버지와도 떨어져 지냄. 발루아 지방의 큰 아버지 집에서 양육됨. 이후 파리의 샤를마뉴 중학교에 다님. 여기서 학우로 테오필 고티에를 만남.
1828년, 괴테의 『파우스트』 번역. 이 무렵 낭만파 작가들 모임 세나클에 참석.
1830년, 친구 고티에와 함께 위고의 에르나니 투쟁에 참가.
1836년, 여배우 제니 콜롱을 짝사랑하게 됨.
1841년, 정신착란증이 생김.
1842년, 제니 콜롱의 죽음. 이후 정신착란이 심해져 병원에 자주 입원.
1855년, 1월 25일 파리의 한 골목에서 시체로 발견됨.

16
사랑과 배신 그리고 고뇌,
알프레드 드 뮈세(1810~1857)

알프레드 드 뮈세Alfred de Musset는 파리의 부유한 가정에서 천재적 소양을 물려받고 태어났다. 뛰어난 재능이 좋은 교육을 통해 빛을 발해 그는 14세 때부터 시를 쓰기 시작했다. 그는 고전주의 문학과 예술에 많은 관심을 가지면서도 1828년 18세 때에 빅토르 위고Victor Hugo를 위시한 낭만파 작가들의 모임에 참여하며 낭만주의 시인 또는 극작가로서의 길을 택했다. 1833년경부터 1835년경까지 그는 특히 6살 연상인 여류소설가 조르주 상드George Sand와의 사랑에 심취했고 그래서 이 연애사건이 작품 활동에 많은 영향을 주었다. 그녀와의 약 3년간의 사랑 후 그는 무절제한 여성편력 등의 향락적인 생활을 하느라 1840년경 이후부터 작품을 많이 쓰지 못했다. 하지만 프랑스 낭만주의 4대 시인에 꼽힐 정도로 그는 영혼 깊숙한 곳의 미묘한 움직임을 풍부한 서정적 감성으로 노래할 줄 앎으로써 그의 문학성을 높이 인정받았다. 1852년 아카데미 프랑세즈 회원으로 선출되어 시인으로서의 외로운 그의 말년에 서광이 다시 비추기 시작했으나 이는 그리 오래 가지 못했다.

그의 시 작품들로는 『초기시집 *Premières poésies*』과 『신시집 *Poésies*

nouvelles」이 있다. 『초기시집』은 1부인 「스페인과 이탈리아 이야기 Contes d'Espagne et d'Italie」(1830), 2부인 「안락의자에 앉아 보는 연극 Un spectacle dans un fauteuil」(1832)으로 구성되어 있고, 『신시집』은 「롤라 Rolla」, 「알프스 산맥의 추억 Souvenir des Alpes」, 「독자에게 보내는 소네트 Sonnet au lecteur」 그리고 '밤 Nuits'에 대한 일련의 시 등, 1833년부터 1852년까지 쓰인 작품들로 이루어져 있다. 그리고 『마리안느의 변덕 Les Caprices de Marianne』(1833)과 『장난삼아 연애하지 않는다 On ne badine pas avec l'amour』(1834), 『로렌자치오 Lorenzaccio』(1834), 『팡타지오 Fantasio』(1834), 『장래 일을 장담해선 안 된다 Il ne faut jurer de rien』(1836) 등은 무대장치 등에 있어 엄격한 규칙을 요구하는 고전주의 극 형식에서 벗어나 환상과 흥미를 유발하고 정확한 감정분석 등을 보여주는 그의 대표 희곡작품들이다. 나폴레옹Napoléon의 정책과 청춘시절의 심리상태 등을 서술한 『세기아의 고백 La Confession d'un enfant du siècle』(1836)도 그의 대표 산문작품이다.

그의 시 중에서 『신시집』에 수록된 '밤'에 대한 일련의 작품들, 「5월의 밤 La nuit de mai」(1835), 「12월의 밤 La nuit de décembre」(1835), 「8월의 밤 La nuit d'août」(1836), 「10월의 밤 La nuit d'octobre」(1837) 등 4편의 장시는 특히 연인 간의 사랑을 노래하는 프랑스 낭만주의 서정시 작품들 중 최고의 걸작으로 꼽힌다.

「8월의 밤」 일부를 본다.

La Muse

Hélas! toujours un homme, hélas! toujours des larmes!

Toujours les pieds poudreux et la sueur au front!
Toujours d'affreux combats et de sanglantes armes;
Le coeur a beau mentir, la blessure est au fond.
Hélas! par tous pays, toujours la même vie:
Convoiter, regretter, prendre et tendre la main;
Toujours mêmes acteurs et même comédie,
Et, quoi qu'ait inventé l'humaine hypocrisie,
Rien de vrai là-dessous que le squelette humain.
Hélas! mon bien-aimé, vous n'êtes plus poëte.
Rien ne réveille plus votre lyre muette;
Vous vous noyez le coeur dans un rêve inconstant;
Et vous ne savez pas que l'amour de la femme
Change et dissipe en pleurs les trésors de votre âme,
Et que Dieu compte plus les larmes que le sang.

> Le poète
>
> Quand j'ai traversé la vallée,
> Un oiseau chantait sur son nid.
> Ses petits, sa chère couvée,
> Venaient de mourir dans la nuit.
> Cependant il chantait l'aurore;
> O ma Muse! ne pleurez pas:
> A qui perd tout, Dieu reste encore,
> Dieu là-haut, l'espoir ici-bas.

('La nuit d'août', *Poésies nouvelles*)

뮤즈

아아! 언제나 한 인간, 아아! 언제나 눈물!
언제나 먼지투성이 두 발과 이마에 흐르는 땀!
언제나 끔찍한 전쟁과 피로 물든 무기들,
가슴이 아무리 거짓말해도 소용없어요, 마음의 상처가 깊은 곳에
                                                              있으니까요.

아아! 어떤 나라에서건 언제나 같은 삶.
탐내고 뉘우치고 손을 잡고 손길을 주지요.
언제나 같은 배우들과 같은 희극.
그리고 인간의 위선이 무엇을 꾸며냈건
인간의 해골보다 그 아래 진실한 것은 아무 것도 없어요.
아아! 사랑하는 사람이여, 그대는 이제 시인이 아니에요.
그 어느 것도 더 이상 그대의 말없는 칠현금을 깨우지 못해요.
그대의 마음은 변덕스러운 꿈속에 잠겨 있어요.
그대는 모르세요, 여인의 사랑이란
변하고 그대 영혼의 소중한 것들을 눈물로 탕진하게 한다는 것을,
그리고 신은 혈기보다 상심의 눈물을 더 헤아려준다는 것을.

시인

내가 골짜기를 가로질러 갔을 때
한 마리 새가 둥지 위에서 노래하고 있었다오.
그의 새끼들, 사랑하는 꼬마들이
조금 전 밤에 마 주었어요
하지만 새는 새벽을 노래하고 있었다오.
오 나의 뮤즈여! 울지 마오.
모든 것을 잃은 자에겐 신이 아직 존재하지요.
저 하늘엔 신이, 이 세상엔 희망이 있답니다.

(「8월의 밤」, 『신시집』)

‘밤’에 대한 4편의 장시가 거의 그렇듯이 위의 시도 “뮤즈”와 “시인”의 대화로 이루어져 있다. 시에서 “뮤즈”는 배신한 어떤 “여인의 사랑” 때문에 “마음의 상처”가 커 더 이상 시라는 “칠현금”을 다시 켤 수도 없이 자신의 고귀한 영혼을 눈물로 소진시켜버리는 “시인”을 위로하고, “시인”은 그에 힘입어 “저 하늘의 신”을 통해 “이 세상”에서 다시 “희망”을 찾아보려 한다. 이러한 상호교감을 하는 “뮤즈”와 “시인”은 뮈세 자신의 양면일 수 있다. 사랑과 배신 그리고 이별에 따르는 단말마적인 고통을 체험하고 그러나 이 고통에서 벗어나 심신의 평온을 되찾으려는 그의 몸부림이 “뮤즈”와 “시인”이라는 두 주체를 통해 표현되는 듯하다. 이러한 추측이 실제로 가능하다. 1833년경 조르주 상드를 만나 열렬한 사랑을 하게 된 뮈세는 그녀와 이탈리아의 여러 도시를 여행했다. 여행 중 베니스Venise에서 심한 병이 나 한 이탈리아 의사의 치료를 받게 되었는데 상드는 그를 간호하던 중 그 젊은 의사와 사랑을 하고 말았다. 이를 알게 된 뮈세는 자살까지 생각할 정도로 극심한 절망에 빠져버렸고, 이후 두 사람은 도저히 다시 맺어질 수 없어 1835년경 영원히 헤어졌다. 이때 겪은 이별의 시련을 회상하며 시인은 1836년 바로 그 시를 쓰게 된 것이다.

순수한 감성으로 열정적으로 사랑했던 상드와의 행복했던 시간을 되새기며 그리고 그녀로부터 배반당한 쓰라린 아픔을 이기지 못해 그는 격정과 슬픈 탄식 등 다채로운 낭만적 서정이 넘치는 주옥같은 시편들을 쓰며 진실한 사랑을 찾고 있었다.

1810년, 파리에서 태어남.

1824년, 시 쓰기 시작. 이후 앙리 4세 고교 졸업.

1828년, 위고를 만나 낭만파 작가들 모임 세나클에 참석.

1831~1832년, 세나클 탈퇴.

1833~1835년, 여류 소설가 조르주 상드와 사랑에 빠짐. 이후 배신당한 사랑
　　　　　의 아픔 때문에 방탕생활을 하며 작품 씀.

1852년, 아카데미 프랑세즈 회원이 됨.

1857년, 삶에 지쳐 일찍 사망.

17
"예술을 위한 예술",
테오필 고티에(1811~1872)

테오필 고티에Théophile Gautier는 파리의 샤를마뉴Charlemagne 중학교 친구인 제라르 드 네르발Gérard de Nerval과 낭만파 문인·예술가들 모임(Cénacle)을 운영하던 빅토르 위고Victor Hugo와 함께 에르나니Hernani 투쟁에 참가하며 고전주의 경향의 시를 배격했다. 그는 이러한 상황 속에서 낭만파 문학의 선봉자 역할을 하며 풍부한 감성을 따라 처음에 화가가 되려 했던 취향대로 그림에서 주제를 찾아내 회화적 이미지의 시를 썼다. 하지만 후에 그는 점차로 감성 위주의 지나친 낭만적 감흥을 절제하며 이성의 힘을 따라 언어와 형식을 다듬어서 완전한 인공적 조형미를 갖춘 아름다운 시를 쓰게 된다. 개인에게서 우연히 전개되는 감정의 흐름을 무시하고 오직 보이는 사물이나 현상의 사실성과 객관성에만 주력하면서 그는 쇠를 정련하여 금을 만들듯이 인위적인 기교로 시에 완벽한 형식미와 색채감을 준다.

당시 소설과 역사 장르에서 유행하던 실증주의 이론에 근거를 두고 눈에 보이는 것만이 바로 세계의 실체라고 믿으며 그는 눈물겹게 심정을 토로하는 낭만주의 시문학의 대가들 알퐁스 드 라마르틴

Alphonse de Lamartine(1790~1869)과 알프레드 드 뮈세Alfred de Musset(1810~1857) 등을 후퇴시키고 "예술을 위한 예술l'art pour l'art"이라는 기치 아래 엄격하면서도 섬세하고 심미적인 고답파 문학의 길을 열었다. 문학이든 그림이든 예술은 그 자체만의 순수한 독립성을 지녀야 한다는 생각이 그의 작품들 곳곳에 나타난다.

『칠보와 카메오 *Émaux et camées*』(1852~1872)를 위시해서 시집들 『시집 *Poésies*』(1830), 『알베르튀스 또는 영혼과 죄악 *Albertus ou L'Âme et le péché*』(1832), 『죽음의 희극 *La Comédie de la mort*』(1838), 『스페인 *Poésies nouvelles:España*』(1845) 그리고 첫 소설 『모팽 양 *Mademoiselle de Maupin*』(1835), 평론들 『예술론 *L'Art*』(1857), 『낭만주의의 역사 *L'Histoire du Romantisme*』(1874) 등이 고답파 즉, 파르나스Parnasse 문학의 특색을 지니고 있어 그는 시인들 테오도르 드 방빌Théodore de Banville과 프랑수아 코페François Coppée, 쉴리 프뤼돔Sully Prudhomme, 호세 마리아 데 에레디아José-Maria de Hérédia 등에게 그리고 후에 고답파의 수령이 될 르콩트 드 릴Leconte de Lisle에게 깊은 영향을 주었다. 특히 샤를 보들레르Charles Baudelaire는 시집 『악의 꽃 *Les Fleurs du Mal*』을 고티에에게 헌정할 정도로 그의 시에 심취했고 소설가 귀스타브 플로베르Gustave Flaubert도 그의 죽음을 심히 애도할 정도로 그의 작품들에 매료되어 있었다.

고답파 문학에 지대한 영향을 준 그의 작품들에서 "예술을 위한 예술"에 대한 개념이 선명하게 나타나는 몇몇 구절을 본다.

Il n'y a de vraiment beau que ce qui ne peut servir à rien.
(Préface de *Mademoiselle de Maupin*)

아무것에도 소용될 수 없는 것만이 정말로 아름다운 것이다.
(『모팽 양』의 서문)

En général, dès qu'une chose devient utile, elle cesse d'être belle. - Elle rentre dans la vie positive, de poésie elle devient prose, de libre, esclave. Tout l'art est là. - L'art c'est la liberté, le luxe, l'efflorescence; c'est l'épanouissement de l'âme dans l'oisiveté······ Il y a et il y aura toujours des âmes artistes à qui les tableaux d'Ingres et de Delacroix, les aquarelles de Boulanger et de Decamps sembleront plus utiles que les chemins de fer et les bateaux à vapeur.
(Préface d'*Albertus*)

일반적으로 어떤 것이 유용하게 되자마자 그것은 아름답게 되기를 그친다. 그것은 실리적인 생활 속으로 돌아와 시적인 것으로부터 산문적인 것이 되고 자유로운 신분으로부터 노예 신분이 된다. 예술의 모든 것은 바로 여기에 있다. 예술, 그것은 자유이고 사치스러운 향락이며 개화다. 그것은 무위도식 속에서 피어오른 영혼의 성숙이다. 앵그르와 들라크루아의 그림들과 불랑제와 드캉의 수채화들이 그들에게는 철도와 증기선보다 더 유용할 것 같은 그러한 예술가 기질의 사람들이 늘 있고 있을 것이다.
(『알베르튀스』의 서문)

L'art pour l'art signifie, pour les adeptes, un travail dégagé de toute préoccupation autre que celle du beau en lui-même.
('Du Beau dans l'Art', *L'Art moderne*)

애호가들에게 있어 예술을 위한 예술은 아름다운 것 그 자체에 대한 염려가 아닌 다른 모든 염려에서 해방된 작업을 의미한다.
(「예술에서의 미」, 『현대예술』)

고티에는 시를 위시한 모든 문학과 회화 등을 예술개념에 포함시키며, 위의 글들에서 나타나듯이, 예술이란 철학이나 도덕, 사회, 정치 등 어떠한 영역에도 효용성을 갖지 않아야만 참으로 아름답고 완전하다고 생각한다. 아름다움은 헛되고 쓸데없는 데서 온다는 뜻이 아니고 유익한 모든 것은 추하기 때문에 미 자체는 실용적인 어떠한 목적성도 없을 때 온다는 뜻으로 그에 의하면 이때 진정한 예술이 있게 된다. "예술을 위한 예술"은 영원히 지속되는 확실하고 무용한 작품을 만들기 위한 한 조건이다. 어떤 것이 예술로 하여금 자립성을 갖지 못하게 하는 유용한 것이 되고 또 어떤 것이 예술의 완전한 독립성을 실현시키는 무용한 것이 되는지는 예술이 이루어지는 상황들 간의 관계 속에서 정해진다.

그가 작품 활동 초기에 낭만적 감성에 따라 그림에 관심을 가지고 회화적 정취를 자아내는 시를 쓴 것도 결국은 그와 같은 그의 예술지상주의 원칙을 실현하기 위한 한 과정이었다고 볼 수 있을 것이다. 다음의 시를 본다.

> Pas une feuille qui bouge,
> Pas un seul oiseau chantant,
> Au bord de l'horizon rouge
> Un éclair intermittent;
>
> D'un côté rares broussailles,
> Sillons à demi noyés,
> Pans grisâtres de murailles,
> Saules noueux et ployés;

De l'autre, un champ que termine
Un large fossé plein d'eau,
Une vieille qui chemine
Avec un pesant fardeau;

Et puis la route qui plonge
Dans le flanc des coteaux bleus,
Et comme un ruban s'allonge
En minces plis onduleux.

('Paysage', Poésies)

흔들리는 나뭇잎 하나 없고
노래하는 새 한 마리도 없이
붉은 지평선 상에
간헐적으로 비치는 섬광만 있을 뿐.

한쪽으로는, 듬성듬성 나 있는 가시덤불과
반쯤 물에 잠긴 경작지,
성체의 회색빛 벽면들,
옹이가 많은 휘어진 버드나무들이 있고,

또 한쪽으로는, 물이 가득한 넓은 도랑으로
경계 그어지는 밭이 하나
그리고 무거운 짐을 들고
나아가는 노파 한 사람 있네.

더 멀리로, 도로는
푸른 언덕 비탈 속에 파묻히며

구불구불 가느다란 습곡으로
리본처럼 길게 뻗어 있네.

(「풍경」, 『시집』)

　　이 시는 어느 근교의 천둥 번개 치는 날 풍경을 그린 듯하다. 고
티에 자신이 직접 이름 붙인 치환예술Transposition d'art이라는 수
법에 의해 시는 이미지들을 연결하는 색깔과 선들을 선명하게 돌출
시키며 경치에 대한 주체의 인상을 상세히 그린다. 그림 장면을 재
현하는 듯한 이러한 글 쓰는 법은 아름다운 자연 경관이 보여주는
형태상의 절대적인 완성미를 표현하려는 시인의 예술관을 상기시
킨다.

작가 약력:

1811년, 타르브에서 출생. 이후 파리의 샤를마뉴 중학교 다님. 이곳에서 학우
　　　　로 네르발을 만남.
1829년, 화가들 아틀리에에 드나들기 시작.
1830년, 네르발과 함께 위고의 에르나니 투쟁에 참가.
1836년, 신문기자가 됨.
1840년, 6개월 동안 스페인 여행. 이후 작품 활동 계속.
1872년, 사망.

18
현대시로의 새로운 길 모색,
샤를 보들레르(1821~1867)

샤를 보들레르Charles Baudelaire는 파리에서 62세의 아버지와 28세의 어머니 사이에 태어나 6살 때 아버지를 잃고 7살 때 어머니의 재혼을 보았다. 이후 그의 삶은 반항과 방탕의 날들로 채워지는데 이는 아마도 어머니의 재혼이 원인이 아닌가 한다. 1842년경에 물려받은 친아버지의 재산을 세련된 멋쟁이 취미(dandysme) 생활을 하느라 모두 탕진해버려 그는 일생동안 빚에 쪼들리며 살아갔다. 더구나 아편 등 마약을 지나치게 복용함으로써 건강까지 잃게 되어 그의 말년은 실어증과 중풍으로 고통스러운 나날이었다.

불행한 생활 중에도 그는 글을 계속 썼는데 그의 집필 활동을 가능케 한 생의 원동력으로 세 여인이 있었다. 반 흑인의 잔 뒤발Jeanne Duval과 사바티에Sabatier 부인, 여배우 마리 도브룅Marie Daubrun, 이 여성들이 그의 삶의 안식처가 되어 그의 시 작품들에 자주 등장한다. 뒤발은 거의 사창가에서나 이루어질 법한 정욕에 불타는 사랑의 이미지로 나타나고, 문학 작가나 화가들과 교분이 많았던 사바티에 부인은 청명한 정신적인 사랑의 화신으로 나타난다. 도브룅은 진정한 애정관계의 연인으로 흔히 보여진다.

보들레르는 낭만주의 문학이 가고 고답파 문학이 오는 과도기에 살았기 때문에 두 문학의 경향을 동시에 체험할 수 있었다. 당시의 반낭만파 문인들은 라마르틴Lamartine이나 뮈세Musset, 위고Hugo 등에 의한 낭만주의 시가 풍부한 감성과 개성이 넘치는 좋은 이미지를 보여주기는 하지만 거기에서는 서정성이 절제되어 있지 않아 문장 표현이 혼탁하다고 평했다. 보들레르도 그들과 거의 같은 생각을 했다. 그런데 낭만주의 시의 단점을 보완하려는 듯 테오필 고티에Théophile Gautier가 "예술을 위한 예술"을 주장하며 고답파라는 새로운 시 문학의 길을 제시했다. 보들레르는 고티에의 주장에 매료되어 본인의 시집『악의 꽃 *Les Fleurs du Mal*』을 그에게 헌정까지 했다. 그러나 그에게 있어 고티에나 다른 고답파 시인들의 시가 사실 그렇게 완전히 만족스러울 만한 것은 아니었다. 그들이 완벽한 형식에 따라 효용성이 철저히 배제되는 순수예술의 시를 쓰려고 하는 것은 바람직한 일이지만 그들의 시에는 언어가 마치 물질처럼 지나치게 갈고 다듬어져 오로지 형식미만 있고 인간의 감동이 거의 배제되어 있기 때문이다.

두 문학의 그러한 문제점들을 제거하기 위해 보들레르는 낭만주의 시의 풍부한 서정성과 고전주의 시와도 다소 통하는 고답파 시의 엄격한 형식미를 융합하는 듯한 새로운 시를 썼다. 실제로 그의 시는 8음절이나 10음절 또는 12음절 시구 등 거의 전통적인 리듬 형식을 취하며 낭만주의 시풍의 정서를 영혼으로부터 퍼져 나오는 상상력으로 여과시키고 있다. 그의 운문시는 고전적인 운율을 유지하면서 인간으로 하여금 일상의 삶에서 느끼게 되는 감각적 쾌락이나 정신적 고통 등을 영혼의 힘으로 정제시킨 후 마침내 어떤 불멸의 세계에 도달하게 하려고 한다. 서로 화답하는 듯한 자연요소들의 소리와 색과 향기를 마치 자연의 일부가 된 듯 직접 듣고 보고 맡는 인간의 심미적인 유희도 흔히 시에 나타난다. 이러한 경향은 새로 등장할 상징주의 시의 모태가 되어 프랑스 현대시의 획기적인 출발을 예고한다는 데서 큰 의의를 갖는다. 후일 상징주의 시파의 주류가 될 말라르메Mallarmé와 베를렌Verlaine, 그리고 랭보Rimbaud 에게 직접 영향을 줌으로써 그의 시는 궁극적으로 "예술을 위한 예술"을 실현하기 위한 그 만의 고유한 방법을 시도했다고 할 수 있다.

내용 면에서 시의 그와 같은 경향을 여실히 보여주는 작품으로 운문시집 『악의 꽃』(1857)과 산문시집 『파리의 우울 *Le Spleen de Paris*』(1869)이 있다. 두 시집은 거의 공통적으로 인간의 삶 동안 따라다니는 우울과 비참한 마음, 반항심, 죽음에 대한 고뇌 등 암울한 감정들과 정욕에 사로잡히는 육체의 무게를 상상이라는 영적 영역 안에서 순화 또는 경감시키며 영원한 이상의 세계를 세우려 한다. 두 시집은 또 때로 미에 대한 새로운 개념도 제시한다. 특히 산문시집에 수록된 다음 시구들이 이 예를 보여준다.

> Aux pieds d'une colossale Vénus, un de ces fous artificiels, un de ces bouffons volontaires chargés de faire rire les rois quand le Remords ou l'Ennui les obsède, affublé d'un costume éclatant et ridicule, coiffé de cornes et de sonnettes, tout ramassé contre le piédestal, lève des yeux pleins de larmes vers l'immortelle Déesse.
>
> Et ses yeux disent: -«Je suis le dernier et le plus solitaire des humains, privé d'amour et d'amitié, et bien inférieur en cela au plus imparfait des animaux. Cependant je suis fait, moi

aussi, pour comprendre et sentir l'immortelle Beauté! Ah! Déesse! ayez pitié de ma tristesse et de mon délire!»

Mais l'implacable Vénus regarde au loin je ne sais quoi avec ses yeux de marbre.

('Le Fou et la Vénus', Petits Poèmes en prose[Le Spleen de Paris])

거대한 비너스상 발치에 부자연스럽게 꾸민 그러한 광인들 중 한 사람, 회한 또는 권태로 왕들이 괴로워질 때 그들을 웃기는 임무를 맡은 그러한 자유분방한 어릿광대 한 사람이 번쩍거리는 우스꽝스러운 의상을 괴상하게 걸치고 뿔 나팔과 방울들을 머리에 쓴 채 발판에 기대어 온몸을 웅크리고서 눈물로 가득한 눈을 불멸의 여신을 향해 든다.

그리고 그의 두 눈은 이렇게 말한다. "저는 사랑도 우정도 잃고 그래서 그 점에서 가장 불완전한 동물보다 정말 못한 가장 고독한 사람 마지막 인간입니다. 그렇지만 저도 불멸의 미를 이해하고 느낄 수 있도록 되어 있지요! 아! 여신이여! 저의 슬픔과 망상을 불쌍히 여겨주소서!"

그러나 준엄한 비너스상은 그녀의 대리석 눈으로 뭔지 모를 먼 곳을 바라본다.

(「광인과 비너스상」, 『소 산문시집[파리의 우울]』)

이 글에서 보면 대중의 현실적인 요구에 부응할 수밖에 없는 예술가의 행위는 위선적인 광대 노름일 뿐이다. 그러나 예술가는 사회와 타협해야만 하는 서글픈 현실 속에서도 그의 내면의 처절한 투쟁을 통해 진정한 예술의 세계를 추구하고 있다. 예술은 "미"에 대한 기존 개념을 바꾸어 찬란한 "황금"과도 같은 참으로 아름다운 세계를 평온하고 건전한 현실에서 찾지 않고 오히려 위선 또는 죄악으로 얼룩진 더러운 "진흙" 같은 현실 속에서 찾아내려고 한다.

보들레르는 시 쓰는 일을 주업으로 하면서 에드거 포Edgar Poe의 작품도 번역해 이를 그의 시 창작에 유익한 기회로 삼았다. 그리고 그는 이 작가의 작품들에 대한 평론도 썼는데 「에드거 포에 관한 신단평 *Notes nouvelles sur Edgar Poe*」(1857)은 그중의 하나다. 여기에 수록된 글의 일부를 보면 다음과 같다.

> Une foule de gens se figurent que le but de la poésie est un enseignement quelconque, qu'elle doit tantôt fortifier la conscience, tantôt perfectionner les moeurs, tantôt enfin *démontrer* quoi que ce soit d'utile. Edgar Poe prétend que les Américains ont spécialement patronné cette idée hétérodoxe; hélas! il n'est pas besoin d'aller jusqu'à Boston pour rencontrer l'hérésie en question. Ici même elle nous assiège, et tous les jours elle bat en brèche la véritable poésie. La poésie, pour peu qu'on veuille descendre en soi-même, interroger son âme, rappeler ses souvenirs d'enthousiasme, n'a pas d'autre but qu'elle-même; elle ne peut pas en avoir d'autre, et aucun poëme ne sera si grand, si noble, si véritablement digne du nom de poëme, que celui qui aura été écrit uniquement pour le plaisir d'écrire un poëme.
>
> ('Notes nouvelles sur Edgar Poe', IV)

많은 사람들은 시의 목적이 그저 어떤 가르치기에 있고 시가 어떤 때는 의식을 견고히 해야 하고 또 어떤 때는 풍습을 순화해야 하며 끝으로 어떤 때는 그것이 무엇이건 유익한 것을 보여주어야 한다고 생각한다. 에드거 포는 미국인들이 특히 이러한 비정통적인 생각을 두둔했다고 주장한다. 슬픈 일이다! 문제가 되는 그 이단적인 생각을 만나기 위해 보스턴에까지 갈 필요가 없으니까. 바로 이곳에서도 비정통적인 생각이 우리를 괴롭히고 날마다 진짜 시를 맹렬히 공격한다. 우리가 조금이라도 자기 자신을 낮

추고 본인의 영혼 상태를 살피며 본인의 열정에 대한 추억을 되
살리려고 하기만 하면 시는 자신 이외의 다른 목적을 지니지 않
는다. 시는 또 다른 목적을 가질 수 없다. 그래서 어떠한 시도 오
직 시를 쓰는 기쁨을 위해서만 쓰였을 그러한 시만큼 그토록 대
단하지도, 그토록 고귀하지도, 정말로 그토록 시라는 이름을 받을
만하지도 않을 것이다.

(「에드거 포에 관한 신단평」, IV)

이 글에서 보들레르는 어떠한 효용성이나 목적도 없는 시가 진정
한 시라고 말한다. 그는 근본적으로 고티에의 예술지상주의 원칙에
호응하며 시의 예술성이 과연 어디에 있는지 포의 생각을 인용하면
서 해명하려고 한다. 그에게 있어 시란 무엇인가를 가르쳐주는 교
훈적인 것이 되어서는 안 되고 오직 시인의 글 쓰는 기쁨의 결실로
써만 존재해야 한다. 시의 이러한 무목적성은 시가 낭만주의에서처
럼 오직 시인의 뜨거운 격정에 의한 심적 토로의 장이 되기보다는
시인의 청순한 영혼으로부터 솟아 나오는 감격과 상상력의 장이 될
때 가능할 것이다. 보들레르에게 시 창작의 기본 방향은 바로 이 점
에 있다고 할 수 있다.

보들레르는 포의 작품들에 관한 평론뿐만 아니라 다른 작가들의
문학작품과 예술작품에 관련해서도 글을 많이 썼다. 평론집 『낭만
파 예술 *L'Art romantique*』(1869)은 고전주의 시대의 미학개념에 반
대하면서 아름다움은 꼭 자연적인 것에만 있지 않고 시의 도달점이
되어야 함을 말한다. 그리고 각기 다른 해에 집필된 여러 글을 모아
놓은 평론집 『심미적 호기심 *Curiosités esthétiques*』은 상상력을 바탕
으로 하는 문학과 예술에 대해 다양한 관점을 제시하고 있다. 평론

집 『인공낙원 *Les Paradis artificiels*』(1860)은 부패와 죄로 물든 인류 문명과 자연을 혐오하며 새로운 세계를 갈망하고 있고, 논평집 『살롱 *Les Salons*』은 1845년과 1846년 그리고 1859년 등의 시기에 출품된 화가들의 작품을 예리한 시각으로 비평하고 있다.

그와 같은 평론 활동은 문학인으로서의 보들레르의 삶을 이끌어 간 주요 동인이었다. 그리고 이 활동은 직간접적으로 그의 시 창작에도 도움이 되었을 것이다.

작가 약력:

1821년, 파리에서 출생.
1827년, 18세기 철학에 심취했던 부친 사망.
1828년, 오피크 소령과의 어머니 재혼으로 반항의 삶 시작. 이후 리옹의 왕립 중학교에 다님.
1839년, 파리의 루이 르 그랑 고교 졸업.
1841년, 부모에 의해 인도행 배를 탔으나 모리스 섬에 체류하다 본국으로 송환됨.
1842년, 친아버지의 유산상속 받음.
1844년, 유산 탕진으로 법적 제재 받음.
1848년, 혁명에 찬성 표시.
1852년, 에드거 포 작품 번역 시작. 이후 사바티에 부인을 흠모하게 됨.
1867년, 중풍 등 병으로 어머니 품에 안겨 사망.

19
시의 "이상" 추구,
스테판 말라르메(1842~1898)

　스테판 말라르메Stéphane Mallarmé는 파리에서 태어나 영어 교사를 하며 시 쓰는 생활을 병행했다. 그는 교사로서의 직업보다는 문학 활동에 더 많은 매력을 느껴 1880년경부터 화요일마다 파리의 자신의 집에서 시인이나 소설가 또는 화가들의 만남을 마련했다. '화요모임'에는 주로 그의 문학 방향과 거의 유사한 길을 가는 상징주의 계열의 작가들이 참석하여 순수예술 등에 관한 토론을 벌였다. 폴 클로델Paul Claudel과 앙드레 지드André Gide 그리고 폴 발레리Paul Valéry 등은 바로 이곳에서 그의 문학을 직접 체험한 젊은 작가들이었다. 그 모임에는 또 기교 넘치는 자유로운 시 형식 속에서 때로는 거침없이 언어를 남용하며 극도로 우울하고 처절한 염세적인 감수성을 아름다운 환상의 미소로 감싸려는 쥘 라포르그Jules Laforgue 같은 퇴폐파 시인들(데카당파Décadents)도 참석했다.

　말라르메는 『현대고답파시집 *Le Parnasse contemporain*』(1866)지에 「창 Les fenêtres」, 「바다의 미풍 Brise marine」 등 시 10편을 발표했는데, 이를 보아서도 짐작할 수 있듯이, 그는 샤를 보들레르처럼 파르나스파(고답파)의 선두주자인 테오필 고티에의 "예술을 위한 예술"

추구에도 매료되었다. 그는 고티에의 주장에 갈채를 보낸 보들레르의 『악의 꽃 *Les Fleurs du Mal*』에 심취하고 또 미국 작가 에드거 포 Edgar Poe에도 관심을 가지며 19세경부터 이미 순수시와 이상적인 아름다움은 무엇인가에 대해 사색함으로써 상징주의 시파의 두 번째 세대를 이끌어갈 장본인이 되었다.

그의 시는 결국 조형예술미를 자아내는 엄격한 형식 속에서 눈에 보이는 현상 세계를 세밀히 표현하는 고답파 경향을 다소 취하면서 동시에 지극히 암시적인 시 언어의 유추기능을 통해 자연 세계의 순수한 본질을 관념화하는 상징파의 경향을 띤다. 그리고 시는 곧 언어이기 때문에 언어는 고도로 정련되어야 한다. 정련된 언어는 그 자체로 독자적인 힘을 발휘하여 정신과 물질의 조화를 상징적으로 표현하고 구체적인 현상 세계뿐 아니라 신의 세계 같은 추상적인 세계의 본질도 규명해야 한다. 최고의 상징을 창출할 수 있는 문장의 지극히 연마되고 엄선된 낱말들은 때로 시인의 주관적인 관점에 따라 논리에 맞지 않게 결합되어 시가 규격화된 전통 시작법을 벗어나 있기도 하다.

시대를 지나면서 모두가 늘 그렇게 했듯이 전통적인 작시법을 단순히 각색하는 것으로 그치는 기존의 현실을 거부하며 그의 시는 끊임없이 새롭게 태어나는 언어에 음악적 양태를 도입한다. 시 운율의 음악성은 모호해지기 쉬운 시인의 극히 개인적인 표현의 한계를 극복하게 하는 한 수단이 될 수도 있다. 요컨대 연마된 언어의 음악적인 아름다운 운율 형태 위에서 시는 우연이라는 함정에 빠져 유동적인 헛된 물질로 끝나버릴 사물에 인간 영혼의 힘을 부여하며 영혼과 자연 간의 필연적인 최고의 상징관계를 정립하려고 한다.

언어리듬의 음악을 타고 흐르면서 거의 종교적 또는 철학적 차원의 이상적인 것이 되어 아무 것에도 '소용'이 되지 않을 때 시는 그 자체로 순수한 존재성을 드러내는 확고부동한 하나의 절대적인 '미'의 결정체가 될 것이다.

완벽한 시어와 그 음악성을 끊임없이 추구하며 예술의 무효용성 구현, 즉 순수예술의 실현이라는 일관된 목표를 향해 가고 있는 그의 작품들로는 『시집 *Poésies*』(1887)이 있고, 산문집들 『디바가시옹(잡담) *Divagations*』(1897), 『이지튀르 *Igitur*』(1867~1868), 『주사위 던지기 *Un coup de dés*』(1897)가 있다. 그리고 낭만주의 음악에 반대해서 빛이나 물 등 자연의 시각적 이미지를 선율로 표현하려는 인상파 음악가 클로드 드뷔시Claude Debussy(1862~1918)가 자신의 서곡 하나를 작곡할 계기를 갖도록 해준 「목신의 오후 L'après-midi d'un Faune」(1865~ 1876)와 이상적인 미를 노래하는 「에로디아드 Hérodiade」(1870~ 1876), 그리고 시인이 추구하는 이상을 그린 「데 제생트를 위한 산문 La prose pour des Esseintes」(1885) 등의 장시 작품들이 있다.

작품들 중에서 『시집』에 수록된 시 한 편을 통해 그의 문학 세계의 일면을 살펴본다.

> Cependant que la cloche éveille sa voix claire
> À l'air pur et limpide et profond du matin
> Et passe sur l'enfant qui jette pour lui plaire
> Un angélus parmi la lavande et le thym,
>
> Le sonneur effleuré par l'oiseau qu'il éclaire,
> Chevauchant tristement en geignant du latin

Sur la pierre qui tend la corde séculaire,
N'entend descendre à lui qu'un tintement lointain,

Je suis cet homme, Hélas! de la nuit désireuse,
J'ai beau tirer le câble à sonner l'Idéal,
De froids péchés s'ébat un plumage féal,

Et la voix ne me vient que par bribes et creuse!
Mais, un jour, fatigué d'avoir en vain tiré,
O Satan, j'ôterai la pierre et me pendrai.

('Le sonneur', Poésies)

순수하고 투명하고 깊은 아침 하늘에
종이 그 맑은 소리를 일깨우고,
라벤더와 백리향 사이로 삼종기도를
읊조리는 아이 위로 스쳐가 그를 즐겁게 하는 동안,

종치는 사람은 자신이 비춰주는 새에 스치며,
해묵은 밧줄을 당겨대는 돌멩이 위에
초라하게 올라 타 라틴어를 내뱉는다 해도,
멀리서 땡그랑 소리만이 그에게 내려오는 걸 들을 뿐이네.

내가 이 사람이니, 슬프도다! 갈망하는 밤으로부터
쇠밧줄 잡아당겨 내 아무리 이상의 종을 쳐도,
매정한 죄과의 충성스러운 깃털 하나 뛰어놓고

종소리는 토막토막으로만 내게 와 파고드는구나!
하지만, 어느 날, 헛되이 잡아당기다 지쳐버리면,

오 사탄이여, 나는 돌멩이를 치우고 목매어 죽으리.

(「종치는 사람」, 『시집』)

이 시에서 종치는 사람은 시인을 비유한다. 종소리가 마치 멀리서 "땡그랑 땡그랑" 듣기 거북하게 간헐적으로 흘러나오듯이, 시인의 글 쓰는 "쇠밧줄"은 늘 헛되이 맴돌며 제자리에만 머물러 "갈망"하는 "이상적인" 시에 이르지 못한다. 이 때문에 하게 되는 종지기, 즉 시인의 절규는 그의 "자살"로까지 이어질 수 있는 처절한 고통의 외침이다. "자살"이라는 극단적으로 부정적인 의미가 오히려 "이상적인" 시에 대한 시인의 욕망을 극대화한다. 시인은 어쩌면 "성좌"라고 불릴 수도 있는 형이상학적인 도달하기 어려운 그러한 "이상"의 시 세계를 건설하기 위해 "땡그랑 소리"만을 내려는 언어 대신에 "순수하고 투명한" 언어를 생성해내려고 한다. 그의 이와 같은 강렬한 욕망으로 해서 오히려 낱말들이 일상 언어의 흐름을 벗어나 최대한 은유적이고 암시적인 난해한 결합을 할 수도 있을 것이다. 그러나 시는 아직 그렇게 난해하지 않고 오직 언어에 대한 시인의 철저한 탐구만을 상기시키며 낱말들끼리 소박한 상징의 망을 형성하게 한다. 그래서 종을 친다는 평범한 사실이 "이상적인 순수한" 언어의 시를 추구하는 시인의 시적 욕망을 이념화하기에 이른나.

그 시가 수록된 『시집』에는 'yx'의 각운법[yx(또는 ix)와 ore의 각운들을 교차시키는 법. 예를 들면 다음 시행들 <Ses purs ongles très haut dédiant leur onyx,/L'Angoisse, ce minuit, soutient, lampadophore,/Maint rêve vespéral brûlé par le Phénix/Que ne recueille pas de cinéraire

amphore ‖ Sur les crédences, au salon vide: nul ptyx,/Aboli bibelot d'inanité sonore,/(Car le Maître est allé puiser des pleurs au Styx/Avec ce seul objet dont le Néant s'honore).>에서]을 사용함으로써 우선 낱말들 사용에 있어 특별한 인상을 주며 말라르메의 순수시 추구 모습을 상기시키는 이 「몇몇 소네트, 4, Plusieurs sonnets, IV」가 포함되어 있다. 언급된 앞의 그 시는 불규칙한 소네트로 이 소네트와는 달리 비교적 평범한 낱말들("claire", "matin", "plaire", "thym", 그리고 "désireuse", "l'Idéal", "féal", "creuse" 등)로 각운을 이루고 있어 "이상적인" 시를 쓰기 위해 그가 얼마나 다양한 시도를 하는지 독자는 짐작할 수 있다.

작가 약력:

1842년, 파리에서 출생.
1862년, 이미 문학에 관심 두어 잡지『예술가』에서 자신의 문학관을 강력히 피력.
1863년, 영어 교사가 되어 투르농이라는 도시로 감.
1866년, 초기 시편들을『현대고답파시집』지에 실음.
1871년, 파리에서 영어 선생으로 일하게 됨.
1880년, 파리 자신의 아파트에서 문학 작가와 화가들의 '화요모임'을 마련.
1884년경, '화요모임'을 기반으로 문단에서 본격적으로 영향력 갖기 시작.
1898년, 사망.

20
음악과 뉘앙스 그리고 시,
폴 베를렌(1844~1896)

폴 베를렌Paul Verlaine은 독일과의 국경지대에서 멀지 않은 도시 메스Metz에서 공병장교의 아들로 태어나 어린 시절 잠시 동안만 그 곳에서 지내고 파리에 와서 중등교육을 받았다. 이후 시청에서 서기로 근무하며 그는 시를 쓰고 고답파(파르나스파) 시인들과 교류했다. 1866년 『현대고답파시집 *Le Parnasse contemporain*』지에 시 몇 편을 발표한 것이 그의 최초의 공식적인 문학 활동이었다. 이 시점을 계기로 그는 계속 작품을 써 같은 해에 단행본 『토성인 시집 *Poèmes saturniens*』을 출간했다. 이어서 그는 프랑스의 풍속도 등을 보여주는 시집 『우아한 축제 *Fêtes galantes*』를 1869년에, 그와 결혼할 친구 여동생 마틸드 모테Mathilde Mauté에게 아름다운 사랑의 감정을 보내는 시집 『행복한 노래 *La Bonne chanson*』를 1870년에 발표했다.

1870년 결혼과 더불어 그는 정서적으로 안정된 생활을 했다. 하지만 곧이어 보불전쟁을 겪고 또 1871년경부터는 17세의 어린 시인 랭보Rimbaud와 동성애에 빠져 그동안 다니던 직장도 그토록 사랑하던 아내도 버린 후 영국과 벨기에 등지로 떠돌아다녔다. 1873년에는 랭보와의 관계도 멀어지기 시작해 말다툼 끝에 이 소년 시인에게 권총으로 부상을 입히고 그는 벨기에에서 거의 2년 가까이 감옥살이도 했다. 시집들『말 없는 연가 *Romances sans paroles*』(1874년)와『예지 *Sagesse*』(1881년)는 바로 감옥 안에서 집필된 작품들이다. 그는 옥 생활 동안에 가톨릭교로 돌아와 비정상적이었던 그간의 생활을 반성하고 신에게 용서를 빌면서『예지』와 같은 종교시집도 썼지만 출옥 후 얼마 되지 않아 다시 무질서한 생활로 돌아가 빈곤과 병마와 싸우며 작품 활동을 했다. 시집『옛날과 최근 *Jadis et naguère*』(1884년) 그리고 말라르메Mallarmé와 랭보, 베를렌 본인과 같은 불행한 시인들의 문학적 위상에 대한 시론인『저주받은 시인들 *Les Poètes maudits*』은 실제로 그의 최악의 삶 동안에 이루어진 결실들이다.

그가 죽기 2년 전에는 모두가 그를 "시인들의 왕자"라고 칭송했을 정도로 그의 작품들의 문학적 가치가 크게 인정되었다. 시작 활동 초기에 그는 보들레르Baudelaire와 말라르메처럼 고답파풍의 시에 공감하며 정제된 언어로 감정을 절제하는 시를 썼고 이후 점차 인간 내면의 순수한 서정적인 감성을 상징적으로 표현함으로써 말라르메와 랭보와 함께 상징주의 시파의 대표작가가 되었다. 그의 시는 상징주의의 큰 특징이라 할 수 있는 암시하고 상기시키는 신비로운 이미지를 창출하기 위해 오색찬란한 물질의 선명한 시각적인 이미지를 보여주기보다 인간 영혼의 오묘한 부분들에 애매모호한 뉘앙스를 부여하며, 말라르메의 시처럼, 언어의 특유한 음악적 율동미까지 살려낸다. 고답파 시와는 달리 다소 규격에 얽매이게 하고 논리를 추구하는 이성의 굴레에서 벗어나 시의 형식이 자유롭게 짜여 있다. 실제로 12음절 시행은 한 행 안에서 문장구조와 운율구조가 일치하며 이분화되는 고전적인 방법을 탈피해 흔히 삼분화

된다. 그래서 여러 유형의 척치enjambement 현상이 나타난다. 또 12
음절 시구는 때로 두 개의 행으로 나누어지기도 한다. 이 외에 11음
절이나 13음절의 홀수 시구들도 사용하면서 시는 다양한 언어리듬
을 만들고 여기에 각운의 효과까지 극대화하며 그 음악성을 풍요롭
게 한다.

다음 시편들에서 그와 같은 여러 특징 중의 일부를 볼 수 있다.

> Le foyer, la lueur étroite de la lampe;
> La rêverie avec le doigt contre la tempe
> Et les yeux se perdant parmi les yeux aimés;
> L'heure du thé fumant et des livres fermés;
> La douceur de sentir la fin de la soirée;
> La fatigue charmante et l'attente adorée
> De l'ombre nuptiale et de la douce nuit,
> Oh! tout cela, mon rêve attendri le poursuit
> Sans relâche, à travers toutes remises vaines,
> Impatient des mois, furieux des semaines!
>
> (14ème poème, *La Bonne chanson*)

화롯불, 희미한 램프의 어렴풋한 빛,
손가락으로 관자놀이 어루만지며 하는 몽상,
그리고 두 눈은 사랑하는 사람의 눈길을 넋 놓고 바라보네.
책 덮고 김 피어오르는 차 마시는 시간,
그윽한 저녁나절의 끝자락을 느끼는 감미로움,
유쾌한 피로 그리고 혼례의 밤에
달콤한 밤에 더할 나위 없이 기분 좋은 기다림.
오! 몇 달을 안절부절못하고 몇 주를 미칠 듯이 보고 싶어 했는지,

되돌아갈 수 없는 덧없음으로, 쉬지 않고
나의 감격에 찬 꿈은 모든 것을 쫓아가네!

(14번째 시, 『행복한 노래』)

이 시에서 열 개의 행은 모두 12음절로 되어 있으나 1행과 2행, 8행, 9행은 6음절씩의 반구를 이룰 때 명사와 형용사("lueur"와 "étroite", "rêve"와 "attendri") 그리고 전치사 그룹과 명사 그룹 ("avec"와 "le doigt", "à travers"와 "toutes remises vaines")을 분리시 킴으로써 전형적인 알렉상드랭alexandrin 형식을 위반하고 있다. 열 개의 시행들 중 네 개의 시행들에서 보이는 문장구성 면과 운율구 성 면에서의 이와 같은 어긋남은 불규칙한 율동으로 시의 일률적인 음악성에 변화를 주려는 순전히 베를렌적인 것으로 볼 수 있고 또 시 의미상 나타나는 두 연인의 사랑이 어쩌면 장차 어긋나리라는 것을 예고하는 것일 수 있다. 이 시가 수록된 시집 첫 머리에 "내 사랑, 플뢰르빌의 마틸드 모테에게 À ma Bien-Aimée, Mathilde Mauté de Fleurville"라고 명시되어 있듯이 분명 베를렌은 시 속에서 말하는 주체의 입을 통해 결혼 바로 직전의 마틸드 모테에게 철철 넘치는 사랑을 보내고 있다. 하지만 그는 랭보와 비정상적이고 광 적인 사랑을 하기 위해 그녀와의 지극히 정상적이고 당연한 사랑을 결혼 1년 만에 실제로 깨뜨려버렸다.

그러한 사랑 문제를 제쳐놓고 오직 자아만을 추구하는 인간의 모 습을 그린 시도 있다.

Le ciel est, par-dessus le toit,

125

Si bleu, si calme!
Un arbre, par-dessus le toit,
Berce sa palme.

La cloche, dans le ciel qu'on voit,
Doucement tinte.
Un oiseau sur l'arbre qu'on voit
Chante sa plainte.

Mon Dieu, mon Dieu, la vie est là
Simple et tranquille.
Cette paisible rumeur-là
Vient de la ville.

-Qu'as-tu fait, ô toi que voilà
Pleurant sans cesse,
Dis, qu'as-tu fait, toi que voilà,
De ta jeunesse?

(6ème poème, Livre III, Sagesse)

지붕 너머 하늘은
이다지도 푸르고 고요할까!
종려나무 한 그루는 지붕 너머로
가지를 살며시 흔들건만.

하늘에 보이는 종은
기분 좋게 울리고,
나무 위에 보이는 한 마리 새는

　　　　탄식의 노래를 하네.

　　저런, 삶이 저기서는
　　　　단순하고 평온하건만,
　　웅성거리는 이 평화로운 소음은
　　　　도회지에서 오는구나.

　　－그대는 무엇을 했는가? 오, 바로 여기서
　　　　쉬지 않고 울고 있는 그대여,
　　말하라, 그대의 청춘을, 바로 이곳에 있는 그대여,
　　　　어떻게 했는가?

(6번째 시, 3권,『예지』)

이 시는 "저편"의 평온한 삶을 등진 채 떠들썩한 "도회지"에서 자아의 소멸만을 체험하는 인간의 고뇌를 말한다. 그런데 각 연의 1행과 2행 그리고 3행과 4행이 마치 12음절 시구를 두 행으로 분절해 놓은 듯이 각각 8음절과 4음절로 짤막하게 구성되어 있고 또 각 연에서 1행과 3행의 각운들은 짧은 한 음절 내지 두 음절로 된 같은 낱말들("toit", "voit", "là", "voilà")로 맞추어져 있어 이렇게 간소화된 특이한 운율리듬과 각운의 효과 속에서 자아를 찾으려는 인간의 고민은 과히 격하게 나타나지 않는 듯하다. 시의 의미 면에서도 1연에서 3연까지는 "나무"와 "새", "도회지" 등 비교적 가벼운 이미지만 드러남으로써 인간 고민의 핵심이 명확하게 제시되지 않고 그 실체가 마지막 4연에 가서야 겨우 분명해진다. 이는 바로 의미적인 뉘앙스를 최대화시켜 감미로운 서정적 풍취를 자아내려는 베를렌 시의 한 특징이라고 할 수 있다.

위의 두 편의 시에서 보이는 그러한 경향 외에 그의 작품들에만 고유한 여러 다른 특징들은 많이 있다. 따라서 그의 시 세계에 다가 갈 수 있는 길은 넓다.

작가 약력:

1844년, 메스에서 출생. 파리에서 중등교육을 받음.
1864년, 대학입학시험 합격자 자격으로 파리 시청에 들어감. 이 무렵부터 시
　　　 에 관심을 둠.
1870년, 친구 여동생 마틸드 모테와 결혼.
1871년경, 랭보와 동성연애를 함.
1873년, 권총으로 랭보에게 부상을 입혀 2년간 투옥됨.
1894년, 시인 본인의 작품들 가치가 높이 평가받음.
1896년, 빈곤 속에서 병으로 사망.

21
반항과 자유, 투시자로의 길,
아르튀르 랭보(1854~1891)

아르튀르 랭보Arthur Rimbaud는 아르덴Ardennes 지역의 샤를빌 Charleville에서 군인인 아버지와 가톨릭 신자인 어머니 사이에서 태어났다. 1860년경부터 그의 어머니는 남편과 헤어져 살게 되었고 그래서 홀로 자녀들을 키우기 위해 엄격한 교육을 해야만 했다. 랭보는 엄격하기만 하고 사랑이란 전혀 없는 듯한 어머니에 대해 일생 반항을 하며 살았다. 유년시절부터 그는 방랑벽도 심했는데 이 원인은 어쩌면 그가 죽을 때까지 회복되지 않을 정도로 심각했던 어머니와의 관계에서 부분적으로 찾을 수 있지 않을까 한다.

그는 16세경부터 시를 썼고 이를 상징주의 시파인 폴 베를렌Paul Verlaine(1844~1896)에게 보내어 조언을 얻기도 했다. 1871년에 그는 베를렌을 파리에서 만나게 되었고 이때 연상인 이 시인의 유혹으로 1873년경까지 그와 광적인 사랑을 했다. 베를렌과의 관계를 청산한 후 그는 갑자기 시 쓰기를 그만두고 죽을 때까지 약 17년간 독일, 스위스, 이탈리아, 키프로스, 에티오피아 등지에서 유랑생활을 했다. 1880년경부터 그는 에티오피아에서 10여 년간 암거래상 등을 하다가 다리의 병이 점점 심해져 1891년 프랑스로 돌아왔다.

마르세유Marseille 병원에 입원 중 그해 11월 여동생 이자벨Isabelle 만이 지켜보는 가운데 그는 눈을 감았다.

「고아들의 새해선물 Les Étrennes des Orphelins」(1870)을 첫 시로 랭보는 1870년부터 1874년경까지 불후의 명시 작품들을 썼다. 그가 영적으로 육체적으로 베를렌과 은밀한 관계를 가졌던 만큼 그의 시도 베를렌의 초기 시와 부분적으로 유사한 점을 지닌다. 베를렌이 시작 생활 초기에 고답파 시와 거의 같은 방향에서 정련된 시 언어로 절제된 감정을 표현했던 것처럼 랭보도 시에서 어느 정도 고답파적인 선명한 이미지를 솟아나게 한다. 16세 때부터 쓴 시 모음집 『시집 Poésies』(1870~1873)에 수록된 「첫 성체배령 Les Premières communions」과 「태양과 육체 Soleil et chair」 그리고 「오펠리 Ophélie」 등의 시는 바로 그 예에 속한다고 볼 수 있다. 시를 처음 쓰기 시작했을 때 랭보는 특히 고답파 문학을 지향했던 테오도르 드 방빌Théodore de Banville을 좋아했고 또 낭만주의 시인 빅토르 위고Victor Hugo도 찬미했다. 그러나 1871년경부터 그는 「취한 배 Le Bateau ivre」(『시집』에 수록) 등 본격적으로 상징주의 계열의 시를 썼다.

랭보는 만물과 인간의 감각기관과의 교감을 표출시키는 데 주력함으로써 상징주의 시파의 문을 연 샤를 보들레르Charles Baudelaire에 동조하며 자신만의 시 세계를 건설하려 했다. 즉 랭보의 시는 상징주의풍으로 이미지들 간의 자유로운 조화를 보여주면서 동시에 직관의 힘으로 어떤 절대의 세계와 합일되려는 투시자 또는 견자 Voyant의 개념을 도입한다. 투시자가 되려면 인간은 다양한 원인들에 의해 영혼이 비정상적인 상태에 이를 정도로까지 고통을 겪은 후 자아를 확립해야만 한다. 사라져버린 어떤 꿈이라든가 또는 기독교 등의 종교에 대해 갈등하며 새로운 삶을 향해 나가려는 인간의 의지를 그린 시집 『지옥에서의 한 계절 *Une Saison en enfer*』(1873)이 바로 그러한 점들을 보여준다.

랭보가 그의 스승인 조르주 이장바르Georges Izambard와 친구인 폴 드므니Paul Demeny에게 각각 1871년 5월 13일과 1871년 5월 15일에 보낸 「투시자의 편지 Lettres dites «du Voyant»」를 보면, 견자가 있을 수 있는 절대의 세계는 아주 먼 곳에 있지 않고 오히려 인간의 모든 감각기관의 착란에 의해 도달될 수 있는 아주 가까운 곳에 있다. 오관의 착란으로 내면의 무의식 세계에 이름으로써 인간 스스로가 자각할 수 있는 초현실적인 어떤 미지의 영역이 곧 견자의 세계라는 것이다. 랭보는 이장바르에게 보낸 편지에서 "나는 하나의 타자다 JE est un autre"라고 하며 고도로 교란된 감각기관의 작용에 의해 우선 본인부터 투시자가 되어 미지의 세계에 이르려고 했다. 여러 편의 자유시와 산문시로 구성된 『채색그림 *Illuminations*』(1874)은 그와 같은 투시자의 면모를 다각도로 탐색하는 시집이라 할 수 있다.

주제 또는 이미지 면에서 그러한 특성들을 지니는 랭보의 시는 결국 상징주의 시파의 중심에 서서 앞 시대의 낭만주의 시와 고답파 시 그리고 다가올 20세기 초의 초현실주의 시와도 부분적으로 그 맥을 같이 하고 있다고 할 수 있다. 더구나 정형시형뿐 아니라 자유시형과 산문시형도 시도했기 때문에 그의 시는 다양한 양상을 특징으로 하는 현대시의 출현을 이미 예고했다고도 할 수 있다.

시 모음집 『새로운 시 *Vers nouveaux*』에 수록된 작품 한 편을 통해 그의 시 경향의 일면을 본다.

Ma faim, Anne, Anne,
Fuis sur ton âne.

Si j'ai du *goût*, ce n'est guères
Que pour la terre et les pierres.
Dinn! dinn! dinn! dinn! Je pais l'air,
Le roc, les Terres, le fer.

Tournez, les faims, paissez, faims,
　　Le pré des sons!
L'aimable et vibrant venin
　　Des liserons;

Les cailloux qu'un pauvre brise,
Les vieilles pierres d'églises,
Les galets, fils des déluges,
Pains couchés aux vallées grises!

Mes faims, c'est les bouts d'air noir;
　　L'azur sonneur;
-C'est l'estomac qui me tire.
　　C'est le malheur.

Sur terre ont paru les feuilles:
Je vais aux chairs de fruit blettes.
Au sein du sillon je cueille
La doucette et la violette.

Ma faim, Anne, Anne!

Fuis sur ton âne.

('Fêtes de la faim', Vers nouveaux)

안느, 안느, 나의 허기여,
그대의 당나귀를 타고 달아나라.

나의 입맛을 당기는 것은
흙과 돌멩이들밖에 없구나.
딘! 딘! 딘! 딘! 나는 공기를,
바위를, 대지를, 쇠를 뜯어먹는다.

굶주림이여, 빙빙 돌아라. 굶주림이여, 뜯어먹어라
　　　음향 울리는 풀밭을!
메꽃의 사랑스럽게 울려 퍼지는
　　　독을,

가난한 자가 부수는 자갈을,
교회의 오래 묵은 돌멩이를,
홍수의 아들 조약돌을,
회색빛 골짜기에 누워 있는 빵을!

나의 굶주림, 이는 검은 공기 조각들,
　　　쪽빛 나팔수,
－이는 나를 끌어내는 위장의 용기.
　　　그것은 불행이다.

땅위에 나뭇잎이 생겨났다.

나는 무르익은 과육에게로 간다.
밭고랑 한가운데서 나는 딴다
들상추와 제비꽃을.

안느, 안느, 나의 허기여!
그대의 당나귀를 타고 달아나라.

(「허기의 축하연」, 『새로운 시』)

이 시는 랭보가 베를렌과 동성연애를 하고 압생트 술absinthe과 마약 하시시haschich 등을 복용하며 체험하게 되는 환각의 도취상태를 보여주는 듯하다. 기존의 어떤 틀에서 "용기" 있게 벗어나 미지의 새로운 세계를 소유하려는 시 주체의 자유에 대한 "식욕" 또는 욕망이 나타난다. 이미 생성되어 있는 주변의 사물들을 환상의 늪에서 모두 "먹어 치워 버리려는 굶주린" 주체의 반항적이고 부정적인 해체 행위를 통해 시는 투시자만이 느낄 수 있는 어떤 초자연적인 자유의 세계를 건설하려 한다. 2연과 3연, 4연의 몇몇 행들이 『지옥에서의 한 계절』에 포함된 「허기 Faim」라는 시에서도 거의 유사하게 나타나는 점으로 보아 자유에 대한 갈망은 주체의 분신이라 할 수 있는 시인의 뇌리 속에서 떠나지 않는 듯하다.

작가 약력:

1854년, 샤를빌에서 태어남.

1860년, 아버지의 가출로 어머니와 살게 됨.

1870년, 시 쓰기 시작.

1871년, 파리에서 베를렌을 만나 동성애 시작.

1873년, 7월 20일 브뤼셀에서 만취한 베를렌에 의해 권총 두 발을 맞음. 그
와의 동성연애 종결.

1874년, 『채색그림』 이후 시 쓰기를 포기.

1880년, 아프리카로 출발. 예멘의 항구 도시 아덴과 에티오피아의 하라 등지
에서 장사함.

1891년, 프랑스로 귀국. 다리 병 악화로 11월에 사망.

22
플랑드르의 시인,
에밀 베르하렌(1855~1916)

에밀 베르하렌Émile Verhaeren은 벨기에 사람으로 원래는 법학을 공부했으나 문학과 예술 추구로 삶의 방향을 바꾼 후 프랑스어로 글을 쓴 작가다. 그는 신경쇠약증에 걸릴 정도로 심각한 정신적 고통을 겪기도 했으나 이를 극복하려고 노력하며 프랑스 루앙Rouen 에서 사망할 때까지 시와 희곡 등 많은 작품을 쓰는 데 전념했다.

그는 열정을 다해 방대한 양의 작품을 쓴 것으로도 유명한데 실제로 1883년부터 1912년까지 거의 30여 권을 집필했다. 그러나 그의 많은 작품은 자연, 사랑, 창조적 생명력에 대한 예찬, 절망에 대처하려는 비장한 마음, 산업도시의 여러 양상 등과 같은 주요 주제로 크게 분류될 수 있다. 그의 최초 시집 『플랑드르의 여인들 *Les Flamandes*』(1883)과 『플랑드르의 모든 것 *Toute la Flandre*』(5부로 구성, 1904~1911)은 보리밭이나 풍차 등 시인 자신의 고향인 플랑드르 지역의 아름다운 풍경을 그린 자연친화적인 작품들이다. 시집 『수도사들 *Les Moines*』(1886)도 자연 속에서의 평온한 수도생활을 그린 자연주의적인 작품이다. 시집 『시간 *Les Heures*』(3부로 구성, 1896, 1905, 1911)은 부부간의 사랑으로 꾸며지는 가정의 행복을 노래하고 있다. 생명의 창조성을 노래하는 시집으로는 『삶의 얼굴들 *Les Visages de la vie*』(1899), 『소란스러운 힘 *Les Forces tumultueuses*』(1902), 『다채로운 광채 *La Multiple splendeur*』(1906), 『최상의 리듬 *Les Rythmes souverains*』(1910) 등을 들 수 있다. 반면에 정신이 쇠약해진 후 이러한 절망적인 삶에 관해 비장감 넘치게 노래한 시집으로 『저녁 *Les Soirs*』(1887), 『붕괴 *Les Débâcles*』(1888), 『검은 횃불 *Les Flambeaux noirs*』(1890)이 있다. 『환각의 들판 *Les Campagnes hallucinées*』(1893)과 『뻗어나가는 도시 *Les Villes tentaculaires*』(1895)는 근대 산업도시의 술집과 공장 등이 평온한 시골 들판을 훼손시킴을 말하는 사회주의적 경향의 시집들이다. 『환상의 마을 *Les Villages illusoires*』(1895)도 일종의 사회풍조를 노래하는 시집이다.

시집 『저녁』에 수록된 작품 한 편을 본다.

Ce soir, un grand ciel clair, surnaturel, abstrait,
Froid d'étoiles, infiniment inaccessible
A la prière humaine, un grand ciel apparaît.
Il fige en son miroir l'éternité visible.

Le gel étreint tout l'horizon d'argent et d'or,
Le gel étreint les vents, la grève et le silence
Et les plaines et les plaines; et le gel mord
Les lointains bleus, où les beffrois pointent leur lance.

Silencieux, les bois, la mer et ce grand ciel.
Oh! sa lueur immobile et dardante!
Et rien qui remuera cet ordre essentiel

Et ce règne de neige acerbe et corrodante.

Immutabilité totale. On sent du fer
Et de l'acier serrer son coeur morne et candide;
Et la crainte saisit d'un immortel hiver
Et d'un grand Dieu soudain, glacial et splendide.

('Le gel', Les Soirs)

오늘 저녁, 신비롭고도 모호하며 높고도 맑은 하늘,
인간의 기도에 끝없이 초연한
별들의 추위, 한 높은 하늘이 나타난다.
하늘은 자신의 반사경에 눈에 보이는 영원성을 응결시킨다.

결빙은 은빛 금빛의 온 수평선을 조이고,
바람과 모래톱, 정적을,
그리고 벌판과 벌판도 조른다. 그리고 결빙은
쪽빛 원경을 물어뜯는다. 그곳에서 망루들은 그 창끝을 조준하고.

고요한 정경들, 숲과 바다 그리고 이 높은 하늘.
오! 꼼짝 않고 찌르는 그 섬광이여!
아무것도 동요시키지 못하리, 이 본질적인 질서를,
그리고 뚫고 부식성의 이 눈의 군림을.

완전한 불변성. 우리는 쇠와
강철로 맥 빠진 순수한 심장이 조이는 것을 느낀다.
그리고 두려움은 알아차린다, 불멸의 겨울과
불시에 찾아온 얼음처럼 차갑고 빛나는 위대한 신을.

(「결빙」, 『저녁』)

  베르하렌은 1887년부터 1890년경까지 심신의 위기를 겪었기 때문에 이 무렵의 시 작품들은 다소 환각적인 고통을 표현하기도 하고 또는 이 절망감을 극복하려는 의지를 보여주기도 한다. 1887년에 쓰인 위의 시도 시인의 그러한 정서 상태를 부분적으로 상기시킨다. 시의 주체는 꽁꽁 얼어버린 "결빙"의 세계, "떫고 부식성의 눈" 세계 같은 절망 속에 살며 "불멸의 영원성"인 신의 "차갑고도" 절대적인 힘을 "두려워하고" 그러나 이 "두려움"과 절망 등에 예속되지 않으려는 것 같기도 하다. 이때 시는 직접적이고 다소 거친 이미지를 내는 동사들(예를 들면, "물어뜯다", "찌르다" 등)을 사용하고, 또는 각 형용사에 쉼표를 부여하며("clair", "surnaturel", "abstrait", "soudain", "glacial" 등) 힘을 주어 강조해서 전체 이미지를 활력적이고 사실적이게 한다. 그러면서도 시는 하늘, 수평선, 벌판, 숲, 바다의 정경 등에 다소 "신비로운" 이미지를 주는 플랑드르적인 섬세한 서정성을 느끼게도 한다.

  그처럼 위의 시는 자연만물의 조응을 표현한다는 점에서는 상징주의 작품 계열에 속하고, 반면에 사실적이고 강렬한 이미지를 표출시킨다는 점에서는 암시적인 기호를 어렵게 해독해야만 하는 상징주의 작품들과 구분된다. 베르하렌의 시 대부분은 바로 이와 같이 상징주의와 무관하지 않으면서도 정통적인 상징시와는 조금 다르다.

작가 약력:

1855년, 5월 21일 벨기에의 생 타망 레 퀴에르에서 출생.
　　　　루벤 대학교에서 법학 전공.
1883~1912년, 신경쇠약증으로 고생.
　　　　시집『플랑드르의 여인들』등 30여 권 출간.
1916년, 11월 27일 프랑스 루앙에서 사망.

23
퇴폐파 시인,
쥘 라포르그(1860~1887)

쥘 라포르그Jules Laforgue는 프랑스 브르타뉴Bretagne 출신인 아버지가 우루과이의 몬테비데오Montevideo에서 초등학교 교사로 일했기 때문에 그곳에서 태어나 8살 때 프랑스로 왔다. 그는 파리에서 중·고교를 마친 후 그림 장사를 하는 상인의 집에서 또는 인쇄소에서 일을 하며 시를 쓰기 시작했다. 유년시절에 어머니가 세상을 떴고 또 형제도 열 명이나 있어서 그는 부모의 보살핌을 제대로 받지 못했다. 또 늘 빈곤한 생활을 해야만 했기 때문에 1881년 독일 황실에서 얻은 일자리가 그를 베를린에 5년 동안 머물게 했다. 그는 이때 알게 된 영국 여인과 1886년 결혼을 했고 그러나 1년 후에 폐결핵이 악화되어 파리에서 생을 마쳤다.

그의 생전의 작품은 독일 체류 때에 출판된 『한탄 *Les Complaintes*』(1885)과 『달 같은 성모 마리아 본받기 *L'Imitation de Notre-Dame La Lune*』(1886) 두 권이 있다. 그의 사후에도 작품이 출간되었는데 시집들 『최후의 시 *Derniers vers*』(1890)와 『대지의 오열 *Sanglot de la terre*』(1901)이 바로 그것이다. 산문 단편집 『전설 속의 우의극 *Moralités légendaires*』도 그의 사후에 나온 작품이다.

라포르그의 작품 전체를 관통하는 주제는 거의 거부할 수 없는 인간 운명의 비관적인 현실과 여기에 따른 절망, 체념, 허무, 고독, 권태, 죽음에 대한 강박관념 등으로 요약된다. 시인은 삶 동안에 항상 병과 빈곤과 싸워야 했기 때문에 바로 그러한 상황이 그로 하여금 처참할 정도의 염세주의적인 시를 쓰게 했는지도 모른다. 그런데 그의 시는 슬픔과 고뇌 등의 아픈 감정을 일부러 부정하려는 듯이 환상의 베일을 쓰고 빈정거림과 조소 그리고 풍자를 서슴없이 내뱉기도 한다. 시 의미의 이와 같은 강력한 부정적인 측면은 그 형식 면에서의 대담한 이탈과 무관하지 않다. 실제로 그의 시는 특이한 용어들을 종종 사용하고 문법 규칙도 자주 벗어나며 음률의 통일성을 거의 지키지 않음으로써 자유시 형식을 취한다.

형식과 내용 면에서 독특하고 파격적인 특징들을 보여주는 그의 시는 아폴리네르Apollinaire 등 20세기 현대 시인들의 작품과도 유사점을 지니고 있어 현대시의 길목에 있다고 할 수 있다. 하지만 그의 시는 영국의 엘리엇T. S. Eliot에게까지 영향을 줄 정도의 바로 그 특징들로 해서 또 퇴폐파(데카당파Décadents)의 작품으로도 간주된다.

다음의 시 한 편을 살펴본다.

Défaillantes, les Étoiles, que la lumière
Épuise, battent plus faiblement des paupières.

Le ver-luisant s'éteint à bout, l'Être pâmé
Agonise à tâtons et se meurt à jamais.

Et l'Idéal égrène en ses mains fugitives
L'éternel chapelet des planètes plaintives.

Pauvres fous, vraiment pauvres fous!
Puis, quand on a fait la crapule,
On revient geindre au crépuscule,
Roulant son front dans les genoux
Des Saintes bouddhiques Nounous.

('Le Figuier', *Les Complaintes*)

사라지는 별들, 빛이 고갈시키는
별들이 더 가냘프게 눈을 깜빡거린다.

개똥벌레의 반딧불도 기진맥진해 꺼져버리니, 몽롱해진 존재는
더듬거리며 빈사상태에 빠져 영원히 죽어가고 있다.

그리고 이상은 덧없는 두 손으로
구슬픈 유성들에서 영원한 염주 알을 떼어낸다.

가엾은 미치광이들이여, 정말로 가엾은 미치광이들이여!
그리고 또 누군가는 방탕했을 때
석양에 돌아와 신음한다.
유모 보살님들의
무릎에 얼굴을 파묻은 채.

(「무화과나무」, 『한탄』)

이 시는 상징주의 시 풍조가 한창 무르익어 가던 시기에 쓰인 만
큼 "개똥벌레" 같은 하찮은 생명체의 죽음 앞에서도 깊은 서글픔과

허무를 느끼는 주체의 정서 상황을 어두운 이미지로 상징화하고 있다. 그리고 불교적인 분위기도 지니는 이 어두운 우수의 감정을 여과 없이 표현하기 위해 시는 상징주의 시 작품들보다 더 전통시형의 고정된 율격을 과감하게 위반한다. 처음 세 개의 연은 각 행이 12음절로 된 2행씩으로 구성되어 있고 마지막 연은 각 행이 8음절로 된 5행으로 구성되어 있는데 한 편의 시가 이처럼 동시에 다양한 음절 형식과 다양한 행 구성을 보여주는 경우는 전통시에서 그리 자주 나타나지 않는다. 이 시보다 더 파격적인 구성을 보여주는 예가 그의 작품들에는 많이 있다. 말라르메Mallarmé나 베를렌Verlaine, 그리고 랭보Rimbaud 같은 상징주의자들의 시도 표현의 제약을 받지 않고 인간 영혼의 울림을 노래하기 위해 전통시의 엄격한 형식을 벗어나는 경우가 있기는 하지만 그들의 시는 라포르그의 시보다 덜 대담하게 이탈한다.

위의 시에서도 그 일면이 확인되듯이, 그의 시는 형식 면에서 파격적인 탈선과 내용 면에서 풍부한 감수성에 의한 세기말의 병적인 우울함을 보여줌으로써 상징주의 시파 주변에 머물며 퇴폐파의 선두를 달린다. 1886년 장 모레아스Jean Moréas(1856~1910)가 상징주의 선언문에서 퇴폐파를 상징파라고 한 것으로 보아 라포르그의 비관적인 퇴폐풍의 시는 상징주의 시의 또 다른 이형이라고 할 수 있겠다.

작가 약력:

1860년, 우루과이의 몬테비데오에서 태어남.

1868년, 프랑스로 온 가족이 귀국. 이후 파리에서 중·고교를 마침.

1881년, 베를린으로 가 독일 황실에서 일함. 이때 쇼펜하우어 등 비관주의
철학자들을 공부함.

1886년, 파리로 귀환. 독일에서 만난 영국 여인과 결혼.

1887년, 폐결핵으로 파리에서 사망.

24
자연과 신앙에 심취,
프랑시스 잠(1868~1938)

　프랑시스 잠Francis Jammes은 오트피레네Hautes-Pyrénées 지방의 투르네Tournay에서 태어났고 보르도Bordeaux 고등학교를 졸업했다. 이후 그는 어느 사무실에서 서기로 일하며 시를 썼고 작품들은 말라르메Mallarmé와 지드Gide에게서 호평을 받곤 했다. 지드와 가끔 여행을 할 때가 아니면 그는 주로 남부지방에서 전원생활을 하며 시를 쓰는 평탄한 일생을 보냈다.

　그는 시집들『새벽 삼종기도부터 저녁 삼종기도까지 *De l'Angélus de l'aube à l'Angélus du soir*』(1898),『앵초의 슬픔 *Le Deuil des primevères*』(1900),『하늘의 푸른 공간 *Clairières du ciel*』(1906),『4행 시집 *Quatrains*』(1925) 등을 남겼다. 특히 세 번째 시집은 죽어야만 하고 그래서 피할 수 없이 불안한 존재상황을 겪어야만 하는 생명 있는 모든 것에 신의 가호가 내려지기를 바라는 기독교적 정신을 부여준다. 시골 자연 속에서 신을 찬양하며 소박하고 천진난만하게 사는 농민들을 고전적인 시 형식을 통해 보여주는『기독교 농경시 *Les Géorgiques chrétiennes*』(1912)도 있다. 그는 중편소설『삶의 승리 *Le Triomphe de la vie*』(1902)와『산토끼 이야기 *Le Roman du Lièvre*』(1903), 목가적

풍경을 그린 산문체 단편소설『엘레뵈즈의 클라라 *Clara d'Ellébeuse*』
(1899)와 『에트르몽의 알마이드 *Almaïde d'Étremont*』(1901)도 남겼다.

그와 같은 작품들은 자연풍경과 동물 그리고 신앙이라는 범주들
이 함께 어우러지는 시골생활의 단면들을 보여준다. 그중에서 시
한 편을 소개한다.

> Le chat est auprès du feu; le pot bout.
> Cette cuisine est très noire
> et deux saucisses rouges sont au bout
> d'une vieille canne noire.
>
> Il pleut sur le vitrage de la cour.
> Les vitres sont toutes noires,
> et dehors la pluie qui est fine court
> devant les fenêtres noires.
>
> Je pense que je voudrais bien baiser,
> dans sa robe toute noire,
> une jeune fille auprès du brasier
> de cette cuisine noire.
>
> On verrait luire la lampe à gaz-mill
> sur la cheminée qui est noire······
> Ma petite chatte qui est très gentille
> fait ron ron et paraît noire.
>
> Les carreaux rouges sont luisants, mouillés.

Les souches de vigne sont noires
et les chenets en fer sont tout rouillés.
La cuisine est toute noire.

Mais si tu étais en chemise auprès
des tisons tout noirs, je pense
que là, toute seule tu serais
blanche, blanche, blanche, blanche.

('Le chat est auprès du feu……',
De l'Angélus de l'aube à l'Angélus du soir)

고양이는 불 옆에 있고 냄비는 끓는다.
이 주방은 아주 어둡고
두 개의 붉은 소시지가 오래된 검은 막대기
끝에 매달려 있다.

안뜰의 유리창 위로 비가 내린다.
창유리들은 온통 어둡고
밖에는 보슬비가 어두운 창 앞으로
흐르듯 달려간다.

이 캄캄한 주방 화로 옆에
온통 새까만 드레스를 입은
한 처녀를 난 정말 입 맞추고 싶다
생각한다.

검은 벽난로 위로
가스 등불이 반짝이는 게 보일 테고……

아주 사랑스러운 내 어린 암고양이가
　　가르랑거리고 검게 보인다.

붉은 타일이 번쩍거린다, 물에 젖어.
　　포도나무 그루들은 검고
벽난로 장작받침쇠들은 온통 녹슬어 있다.
　　주방이 아주 어둡다.

하지만 아주 까만 깜부기불 옆에서
　　그대가 슈미즈 차림이라면,
내 생각하기를 거기선 그대 혼자
　　하얗게 하얗게 하얗게 하얗게 있으리라.
(「고양이는 불 옆에 있고……」,
『새벽 삼종기도부터 저녁 삼종기도까지』)

　　위의 시는 전원 속에서의 삶을 주로 그린 시집『새벽 삼종기도부터 저녁 삼종기도까지』에 수록된 것으로 "검은 벽난로", "가스 등잔불", "고양이"가 있는 검소하고 소박한 시골 부엌의 모습을 보여준다. 시의 정경은 아주 시골사람으로 살았던 시인의 실제 생활공간이었을 수도 있다. 비교적 정확하게 각운을 맞추면서도 시행들이 소문자로 시작되기도 하는 등 자유시 형으로 구성되어 있어 시를 통해 짐작되는 시인의 그러한 생활은 외면적으로 비록 화려하지 않았어도 한없이 자유로운 시간의 연속이었을 것으로 생각된다. 이러한 시풍은 당시 거의 막바지에 이른 상징주의 시 경향이 지나치게 난해하고 때로는 퇴폐적으로 흘러가기도 했으며 또는 흔히 너무 신비롭고 형이상학적인 주제만을 표현해 그가 이에 반대한 결과일 수 있다. 자연이나 동물과 더불어 살아가는 농민들의 자유롭고 소박한 생활을 있는 그대로 정감 있게 시 속에 담는 것만을 그는 생각했을 것이다.

그와 같이 새로운 형식과 신선한 서정적 이미지가 시를 특징짓는다. 1898년에 쓰인 위의 시에서는 아직 신앙에 대한 시인의 심오한 사색이 나타나지 않지만, 1906년에 그는 진심으로 가톨릭교도가 되어 자신의 기존 시풍에 종교적 의미를 깊이 투여하기 시작했다.

작가 약력:

1868년, 오트 피레네 지방의 투르네에서 출생.
1886년경, 보르도 고교 졸업 후 오르테즈에서 30년간 정착. 사무실 서기로 일
　　　하며 시를 씀.
1898년, 『새벽 삼종기도부터 저녁 삼종기도까지』 출간. 이후 다수의 작품을
　　　남김.
1916년, 바스크 지방으로 옴.
1938년, 사망.

25
신과 함께한 시인,
폴 클로델(1868~1955)

폴 클로델Paul Claudel은 프랑스 동북부 샹파뉴Champagne 지방의 엔Aisne에 있는 한 소도시 빌뇌브 쉬르 페르Villeneuve-sur-Fère 출신으로 1882년에 온 가족이 파리에 와 파리 대학에서 법학과 정치학을 공부했다. 학업을 마친 후 그는 1890년 외무고시에 수석으로 합격하며 외교관 생활로 들어가 미국과 남미, 유럽, 중국, 일본 등지에서 영사 또는 대사로 활약했다. 공직생활을 하면서도 그는 시, 연극, 평론 등 많은 문학작품을 남겼는데 그가 이렇게 글을 쓰게 된 것은 무엇보다도 1886년 6월 랭보Rimbaud의 『채색그림 *Illuminations*』과 『지옥에서의 한 계절 *Une saison en enfer*』에 대한 그의 독서 때문이라고 한다. 말라르메Mallarmé의 '화요모임'에서 여러 작가를 자주 만날 수 있었고 또 베를렌Verlaine의 시에 몹시 감탄했던 것도 그가 글을 쓴 계기가 되었을 수 있다. 1935년 외교관직에서 은퇴한 후 그는 도피네Dauphiné 지방의 이제르Isère 지역에 있는 브랑그Brangues에 머물며 성서 해석 등 작품 쓰기에 열중했다. 그는 1946년 아카데미 프랑세즈 회원이 됨으로써 성공리에 상연된 희곡들과 시, 평론 등 그의 모든 작품의 문학성을 인정받았다.

그와 같이 화려하고 평탄했던 외교관·문학 작가로서의 그의 삶은 그의 누나인 조각가 카미유 클로델Camille Claudel의 삶과 대조된다. 이 여류 조각가는 그 유명한『생각하는 사람 *Le Penseur*』(1880)을 조각한 오귀스트 로댕Auguste Rodin의 제자였는데 유부남이었던 이 예술가와 이루어질 수 없는 사랑을 하게 되어 일생을 비탄 속에서 살았던 것이다. 자신의 삶이 사랑에 관해서는 비록 행복하지 못했을지라도 그녀는 예술가로서의 일생을 마쳤기 때문에 폴 클로델은 누나와 함께 문학과 조형예술 분야에서 각각 훌륭한 재능을 발휘했던 남매작가로도 흔히 언급된다.

그의 시집으로는『3성 칸타타 *Cantate à trois voix*』(1914),『전쟁시집 *Poèmes de guerre*』(1922) 등이 있고, 산문시집으로『동방의 인식 *Connaissance de l'Est*』(1900)과『산문집 *Pages de prose*』(1943),『30년 전쟁 동안의 시와 말 *Poèmes et paroles pendant la guerre de 30 ans*』(1945) 등이 있다. 또 극시 작품으로는『황금 머리 *Tête d'or*』(1889),『도시 *La Ville*』(1890),『교환 *L'Échange*』(1893),『일곱 번째 날의 휴식 *Le Repos du septième jour*』(1896),『5대 송가 *Cinq Grandes Odes*』(1910) 등을 들 수 있다. 이 외에 상연을 전제로 한 희곡들로『정오의 분할 *Partage de Midi*』(1906),『인질 *L'Otage*』(1910),『마리아에게 고함 *L'Annonce faite à Marie*』(1912, 이 작품은『비올렌 아가씨 *La Jeune fille Violaine*』라는 제목으로 다시 쓰임),『굳은 빵 *Le Pain dur*』(1914),『모욕당한 아버지 *Le Père humilié*』(1916, 이 희곡은『굳은 빵』,『인질』과 함께 당시의 혁명적인 정치사회적 풍토를 보여주는 주요 작품임),『사틴 구두 *Le Soulier de satin*』(1924) 등이 있다. 그리고 그의 은퇴 후 성서 연구에 할애된 작품으로『어느 한 시인이 십자가를 바라보네 *Un poète regarde la Croix*』(1935)가 있다.

그와 같은 작품들은 거의 신의 은총을 받지 못하고 절망 속에서 사는 인간의 구원 문제를 다룬다. 사실 클로델은 1886년 파리의 노트르담Notre-Dame 성당에서 크리스마스 미사를 올리던 중에 신으로부터 오는 성령의 힘을 크게 체험한 뒤 교리에 충실한 가톨릭 교인이 되었다고 한다. 그날 이후로 약 4년 동안 그는 올바른 신앙생활을 하기 위해 정신에 기반을 두는 이성과 육체에 기반을 두는 감성 사이에서 타협점을 찾아내려는 내면의 투쟁기간을 거치기도 했다. 이런 연유들로 해서 그의 작품들은 신의 은총으로부터 오는 일종의 열광적인 힘에 의해 신비로운 종교적 주제들을 서정적으로 그리고 있다.

그는 일본에서도 외교관 생활을 했기 때문에 일본 문화로부터 영감 받은 이미지를 신 문제와 결부시키기도 한다. 그 예가 되는 시편이 있다.

Le pêcheur attrape les poissons avec ce panier profondément enfoui au-dessous des vagues.

Le chasseur avec cet invisible lacs entre deux branches attrape les petits oiseaux.

Et moi, dit le jardinier, pour attraper la lune et les étoiles il me suffit d'un peu d'eau, -et les cerisiers en fleur et les érables en feu, il me suffit de ce ruban d'eau que je déroule.

Et moi, dit le poëte, pour attraper les images et les idées il me suffit de cet appât de papier blanc, les dieux n'y passeront point sans y laisser leurs traces comme les oiseaux sur la neige.

Pour tenter les pas de l'Impératrice-de-la-Mer il me suffit de ce tapis de papier que je déroule, pour faire descendre l'Empereur-du-Ciel il me suffit de ce rayon de lune, il me suffit de cet escalier de papier blanc.

('La muraille intérieure de Tokyô', IV, Poésies)

낚시꾼이 물결 밑에 깊이 잠긴 이 통발로 물고기를 잡는다.

사냥꾼이 이 보이지 않는 올가미로 두 나뭇가지 사이에서 어린 새들을 잡는다.

정원사가 말한다. 달과 별들을 잡기 위해 그리고 나는 약간의 물이면 족하다고. 또 꽃 핀 버찌나무들과 타는 듯한 단풍나무들을 잡기 위해 나는 내가 펼치는 이 흑삼릉이면 족하다고.

시인이 말한다. 이미지들과 생각들을 붙잡기 위해 그리고 나는 이 백지 미끼만으로 족하다고. 신들은 눈밭 위 새들처럼 자신들의 흔적을 남기지 않고는 그곳을 지나치지 못할 테니.

바다 황후처럼 걸어보기 위해 나는 내가 펼치는 이 종이 융단이면 족하고, 하늘 황제를 내려오게 하기 위해 나는 이 달빛이면 족하고 이 백지 계단이면 족하다.

(「도쿄 내부의 높은 벽」, IV, 『시집』)

이 시는 1922년 7월 도쿄에서 쓰인 12편의 시 가운데 네 번째 것으로 일본의 바다와 대지 그리고 하늘 정경 등의 물질세계에 준거해서 그 저편에 있는 초자연적인 신의 세계를 시 창작행위의 순간에 담아보려 한다. 마치 "바다 황후처럼 걷고 하늘 황제를 내려오게" 하려는 듯 신의 섭리에 따라 오는 어떤 우주적인 힘 같은 것을 의식하게 하면서 시는 우연에 싸인 현실세계 속 영혼들의 움직임을 시 창작행위에 빗대어 상징적으로 표현한다. 제국주의 체제 속에 갇혀 오직 주어진 삶에만 만족하려는 일본인들의 모순된 현실 속에서 형이상학적 인식을 통해 보이지 않는 신의 성스러운 세계를 보려 하며 시는 형식이나 언어사용 면에서 기교를 부리지 않고 산문 문장과 유사한 시구verset 형식을 취한다. 클로델은 랭보나 말라르메, 베를렌 등 상징파 시인들의 영향을 받기는 했지만 우주나 자연 그 자체의 숨결을 암시하고 판독하는 그들의 정통적인 상징주의 시와는 다소 다르게 그와 같이 완전한 신의 세계를 늘 염두에 두는 자기 색깔만의 독창적인 시를 쓴다.

작가 약력:

1868년, 샹파뉴 지방의 빌뇌브 쉬르 페르에서 출생. 후일 여류 조각가가 될 누나 카미유 클로델이 이미 태어났음.

1882년, 파리로 온 가족이 이주. 이후 명문 루이 르 그랑 고교에서 공부.

1886년, 크리스마스 전날 밤 파리의 노트르담 성당에서 예배 도중 성령 세례를 받음.

1890년, 외무고시에 수석 합격. 이후 아메리카 지역 국가들과 중국, 일본 등지에서 외교관 생활함.

1906년, 결혼.

1935년, 외교관직에서 은퇴. 브랑그에 머물며 작품 쓰기에 전념.

1946년, 아카데미 프랑세즈 회원이 됨.

1955년, 노트르담 성당에서 장례식 거행 후 본인 요청대로 브랑그에 매장됨.

26
지성과 관능의 형이상학적 융합,
폴 발레리(1871~1945)

폴 발레리Paul Valéry는 지중해 연안의 세트Sète라는 한 항구도시에서 태어나 몽펠리에Montpellier 법과대학을 졸업했고 이어 공무원과 개인비서 등을 하며 청춘시절을 지냈다. 그러면서도 그는 대학시절부터 친분이 있던 시인 스테판 말라르메Stéphane Mallarmé와 소설가 앙드레 지드André Gide 등과 교류를 계속하며 틈틈이 잡지사 등에 시편들을 발표했다. 하지만 문학 등 모든 예술 활동은 정확하고 논리적인 사고방법으로 지적 탐색을 하는 데 방해가 된다는 생각이 그로 하여금 1892년경부터 시 쓰기를, 1897년경부터 산문 쓰기를 그만두게 했다. 그에게서 글을 쓴다는 것은 작가가 자신의 사고방법을 엄밀히 관찰해서 그만의 고유한 사상의 틀을 세우는 과정이다. 따라서 그는 시든 산문이든 하나의 작품을 구체적으로 만들어내는 것을 목적으로 하지 않고 창작행위 동안 자신의 정신작용이 어떻게 진행되는지를 연구하며 인간의 추상적인 지성의 힘을 파악하려고 했다.

글 쓰는 창작행위 과정을 규명하기 위해 거의 20여 년이 넘게 인간의 지적 활동에 대한 철학적 탐색을 하던 중 그는 자신의 문학적 재능을 높이 평가한 지드의 권유로 시집 『젊은 여인 파르크 *La Jeune Parque*』(1917)를 발표했다. 그동안 이룬 지적 영역에 대한 자신의 연구를 바탕으로 다시 글을 씀으로써 1925년에는 아카데미 프랑세즈가 그를 회원으로 받아들였고 1937년에는 콜레주 드 프랑스Collège de France가 그를 시학 강의 교수로 임명했다. 그처럼 그는 프랑스 국내에서 국민시인으로서의 역할을 다했고 또 국외에서도 문학 등에 관련되는 다양한 활동을 함으로써 세계인들에게 지성의 시인으로 인정받았다.

그의 시 작품으로는 지드에게 헌정하는 장시 『젊은 여인 파르크』를 비롯해서, 여러 시 모음집 『구 시첩 *Album de vers anciens*』(1920)과 『해변의 묘지 *Le Cimetière marin*』(1920), 『매혹 *Charmes*』(1922)이 있다. 산문집으로는 다재다능한 이상적인 인간을 그린 『레오나르도 다빈치의 방법서론 *Introduction à la méthode de Léonard de Vinci*』(1895)과 사유하는 머리의 지성인을 표현한 『테스트 씨와의 저녁 시간 *Soirée avec M. Teste*』(1896), 예술은 오직 그 자체만을 위해 있고 어떤 다른 목적에도 효용성이 없어야 한다는 예술철학론 『영혼과 무용, 외팔리노스 *L'Âme et la Danse, Eupalinos*』(1923) 그리고 『바리에테 *Variété*』(I-V, 1924~1944) 등이 있다. 그의 작품으로는 또 격언집 『있는 그대로 *Tel Quel*』(I, 1941; II, 1943)와 중국과 일본의 각축장이었던 조선에 대한 논설집 『압록강 *Le Yalou*』(1895)도 있다.

발레리는 지중해 연안 지방에서 태어났기 때문에 그의 작품들 중 특히 그의 시 속에는 지적인 면과 정적인 면을 동시에 지니는 지중해 정신이 깊이 스며 있다고 한다. 대립적인 특성들이 융합되어 있어 어찌 보면 모호할 수도 있는 그러한 지중해 정신을 시 속에 가장

극명하게 투입시킬 수 있는 그는 아주 통찰력 있는 이성적 시인으
로 꼽힌다.

『젊은 여인 파르크』는 시인의 지중해 정신 등 지적인 힘을 파악하
려는 그의 모든 의식 활동을 가장 잘 보여주는 시 작품들 중 하나다.
그 발췌 부분을 본다.

Quel repli de désirs, sa traîne! ······ Quel désordre
De trésors s'arrachant à mon avidité,
Et quelle sombre soif de la limpidité!

Ô ruse! ······ A la lueur de la douleur laissée
Je me sentis connue encor plus que blessée······
Au plus traître de l'âme, une pointe me naît;
Le poison, mon poison, m'éclaire et se connaît:
Il colore une vierge à soi-même enlacée,
Jalouse······ Mais de qui, jalouse et menacée?
Et quel silence parle à mon seul possesseur?

Dieux! Dans ma lourde plaie une secrète soeur
Brûle, qui se préfère à l'extrême attentive.

[······]

Harmonieuse MOI, différente d'un songe,
Femme flexible et ferme aux silences suivis
D'actes purs! ······ Front limpide, et par ondes ravis[sic],
Si loin que le vent vague et velu les achève,

Longs brins légers qu'au large un vol mêle et soulève,
Dites! …… J'étais l'égale et l'épouse du jour,
Seul support souriant que je formais d'amour
A la toute-puissante altitude adorée……

(La Jeune Parque)

질질 끌리는 그 꼬리, 얼마나 큰 정욕의 꿈틀거림인지! ……
나의 탐욕에서 간신히 나오는 소중한 보물들의 그 얼마나 놀라운
뒤죽박죽,
그리고 투명함에 대한 그 얼마나 침울한 목마름인지!

오 속임수! …… 남아 있는 고통의 희미한 빛으로
나는 상처 입었다기보다 다시 나 자신을 더 인식하게 된 듯했으니……
영혼에 가장 반역적인 곳에서 짜릿한 맛 하나가 내게 태어난다.
그 독, 나의 독이 나를 비추며 스스로를 알게 된다.
독은 자신의 몸에 휘감겨 시샘하는 한 처녀를
채색하고…… 하지만 누구를 시샘하고 누구로부터 위협받는 처녀
인가?
그리고 또 어떤 침묵이 나의 단 하나 소유자에게 말을 하는가?

신들이여! 나의 깊은 상처에서 숨어 있는 한 여동생이
불타고 있다오, 극도로 조심스러운 나보다 자신을 더 사랑하는 그녀.

[……]

하나의 꿈과 다른 조화로운 나,
순수한 행위들을 동반한 침묵에 잠긴 유순하고 당당한
여인이여! …… 맑은 이마 그리고 물결에 홀리고,

아주 멀리 솜털 덮인 희미한 바람은 물결을 마비시킨다.
비상하는 한 떼로 난바다에 뒤섞이며 일렁이는 길고 가벼운 새싹
들아,

말해다오! …… 나는 경배 받는 전능의 높은 곳에
내가 사랑으로 세운 미소 짓는 유일한 버팀목,
그 해님과 필적하는 여인, 그 아내였다는 걸……

(『젊은 여인 파르크』)

발레리는 상징파 시인 말라르메와 오랫동안 친분을 가졌었기 때문에 그의 작품들이 흔히 모호한 상징적 이미지를 지니듯, 위의 시도 여러 차원의 복합적인 은유적 문장들을 통해 "나"라는 여인 파르크의 반대적 양면성을 표현하며 다소 애매한 이미지를 표출시킨다. 하지만 파르크의 정확한 이성적 사고에 바탕을 둔 명쾌한 지적인 면("투명함에 대한 그 얼마나 침울한 목마름인지!", "맑은 이마", "나는 경배받는 전능의 높은 곳에/내가 사랑으로 세운 미소 짓는 유일한 버팀목,/그 해님과 필적하는 여인, 그 아내였다는 걸……" 등)과, 또 다른 파르크의 감각적이고 관능적인 면("질질 끌리는 그 꼬리, 얼마나 큰 정욕의 꿈틀거림인지!……", "영혼에 가장 반역적인 곳에서 짜릿한 맛 하나가 내게 태어난다.", "나의 깊은 상처에서 숨어 있는 한 여동생이/불타고 있다오," 등)을 동시에 솟아나게 하면서 시는 오히려 발레리 문학 특유의 상징성을 크게 부각시킨다고 할 수 있다. 파르크는 "꿈틀거리며" 자신의 몸을 "휘감는" 뱀의 형상으로 육신의 "정욕"을 따르는 관능적인 여인 또는 "여동생"이기도 하고, 또 "해님"으로부터 솟아나는 듯한 "투명"한 의식 속에서 사는 "맑은 이마"의 정신적인 여인이기도 하는 아주 특이한 이원적

인 상징체가 되는 것이다.

　파르크는 원래 로마신화에 나오는 탄생의 신(Clotho), 수명의 신(Lachésis), 죽음의 신(Atropos)이라는 세 여신을 지칭하는 것으로 흔히는 운명의 여신으로 불리는데 발레리의 시는 바로 이 여신을 소재로 삼은 것이다. 시란 엄격한 지적 탐색 작업에 의한 맑은 "지성의 축제"이고 또 동시에 불타오르는 듯한 쾌락적인 관능의 표출 현장으로 곧 지중해 정신 요인들 같은 대립적인 양상들의 형이상학적 건설이라는 것을 그는 파르크를 통해 말하려고 했다.

작가 약력:

1871년, 세트에서 태어남. 후일 몽펠리에 법과대학 졸업.
1890년, 상징주의 잡지들에 시 기고 시작.
1892년, 파리로 상경. 정신적 위기 맞아 시 쓰기 중단.
1896년, 시 창작 다시 시작.
1897년, 산문 쓰기 중단.
1917년, 오랜 명상 후 시집 『젊은 여인 파르크』 출간.
1925년, 아카데미 프랑세즈 회원이 됨.
1937년, 콜레주 드 프랑스의 시학 강의 교수로 임명됨.
1945년, 세트의 해변묘지에 안장됨.

27

독자 노선을 취한 "시인들의 왕자", 폴 포르(1872~1960)

폴 포르Paul Fort는 샹파뉴Champagne 지방의 마른Marne 도 구역인 랭스Reims에서 태어나 파리의 루이 르 그랑Louis-le-Grand 고교에서 학창시절을 보냈다. 18세 때 그는 벌써 틀에 박힌 자연주의식 연극기법에 반대하며 극단 '예술극장'(1890~1893)을 창설·운영했다. 이후 그는 알프레드 자리Alfred Jarry와 함께 문학잡지 『예술서적』을, 기욤 아폴리네르Guillaume Apollinaire와 함께 문학잡지 『시와 산문』(1905~1914)을 창간·운영하기도 했다. 그리고 1912년에 그는 폴 베를렌Paul Verlaine의 주선으로 "시인들의 왕자"라는 칭호를 얻어 프랑스 민족·민속시인으로서의 위치를 공고히 했다.

그의 주요 시집으로 총 30권이 훨씬 넘고 그 유명한 「세계를 도는 원무 La Ronde autour du Monde」가 포함되어 있는 『프랑스의 발라드 Ballades françaises』(1892~1941)를 들 수 있다. 기사의 이야기를 극화한 『이자보 Ysabeau』(1924) 등 그는 여러 희곡작품도 남겼다.

시집 『프랑스의 발라드』 11권(「인간의 슬픔 La Tristesse de l'homme」)에 수록된 시를 본다.

La cerise commence à rougir, mon coeur à n'avoir plus de
peine, et les lavandières à rire le long de l'Oise et de la Seine.

Assis à l'ombre du village, je ne me lasse point d'admirer,
d'ici au fond du paysage, l'herbe à lapin aux fleurs dorées.

Sur un mur frissonnant de lierres, avec leurs couronnes aux
bras, les croix de fer du cimetière font une ronde tout là-bas.

Est-il bien utile d'agir? Entre mes doigts fleure une rose. La
cerise commence à rougir. Ah! Phébus, laissons faire aux choses

et se coiffer d'autres villages, comme de gais bonnets pointus,
ces villages près des nuages dans les bleus lointains confondus.
('Le beau temps', tome 11, Ballades françaises)

버찌 붉게 물들기 시작하니 내 마음도 이젠 아프지 않아. 빨래
하는 아낙네들도 와즈 강과 센 강을 따라 흥겨워한다.

마을의 그늘진 곳에 앉아 나는, 여기서부터 골짜기 풍경까지,
금빛 꽃이 핀 토끼풀을 감탄하는 데 조금도 지겹지 않다.

송악에 전율하는 벽 위로, 두 팔에 그 화관을 쓰고 무덤의 철
십자가들이 아주 저쪽에서 원무를 춘다.

움직일 필요가 정말 있을까? 한 송이 장미꽃 향기가 내 손가락
들 사이로 풍겨 나온다. 버찌가 붉게 물들기 시작한다. 아! 포이
보스여, 사물들 하는 대로 둡시다.

그리고 다른 마을들도 밝은 뾰족 헝겊모자 같은 것을 쓰게 내
버려둡시다. 뒤섞여 있는 푸른 먼 곳 구름 곁에 이 마을들.
(「아름다운 계절」, 11권,『프랑스의 발라드』)

위의 시에서 볼 수 있듯이 시인은 정형시에서 요구되는 규칙적인
율격리듬 문제를 완전히 외면하고 오히려 산문체의 시에도 운율적
인 리듬이 있다는 것을 보여주려고 한다. 이러한 형식 속에서 시는
프랑스의 아름다운 전원풍경과 서민들의 대중적인 일상생활 모습
을 풍부한 감성의 낭만적 서정으로 표현한다. 또한 시는 상징주의
시에서처럼 "버찌"와 "장미", "송악" 등 자연요소들의 상호조응을
통해 "원무"를 추는 "무덤" 속 사람들의, 그러나 예전엔 생명을 가
졌던 사람들의 우정 어린 결속의 상징적 의미도 표출시킨다. 사실
포르는『시와 산문』지에 폴 발레리Paul Valéry와 상징주의 시인들
의 작품을 간행해주는 등 상징주의 문학에 관심을 가졌었고 그러면
서도 실험적인 전위문학 운동에도 참여해 그의 시는 상징주의 경향
도 지니지만 전형적인 상징주의 작품과는 조금 다르다. 상징주의와
낭만주의 그리고 전위문학을 모두 아우르는 점들로 인해 그의 시
작품은 20세기 초에 독자적인 노선을 달린 시인 자신과 거의 같은
취향의 거대한 시인들의 도래를 예고했다는 큰 가치를 갖는다.

작가 약력:

1872년, 2월 1일 샹파뉴 지방의 랭스에서 태어남. 파리의 루이 르 그랑 고교
    졸업.
1890~1893년, 극단 '예술극장' 창설·운영. 이후 문학잡지 『예술서적』 창간.
1905~1914년, 문학잡지 『시와 산문』 창간·운영.
1912년, 시인 베를렌에 의해 "시인들의 왕자"가 됨.
1960년, 4월 20일 사망. 일 드 프랑스의 몽틀레리 묘지에 안장됨.

28
사회 정의 구현에 앞장선 시인,
샤를 페기(1873~1914)

샤를 페기Charles Péguy는 부르고뉴Bourgogne 지역에 있는 오를레앙Orléans의 한 가난한 가정에서 태어났다. 머리가 좋았던 그는 장학금을 받아 수재들만 모이는 파리의 고등사범학교에 들어갔고 이 무렵부터 벌써 사회주의 사상을 옹호하며 조국의 상황에 많은 관심을 가졌다. 드레퓌스Dreyfus 사건 때는 에밀 졸라Émile Zola 편에서 소송사건의 재검토를 주장하는 등 올바른 사회 건설에 관한 확고한 신념을 표명했다.

1900년 그는 소르본Sorbonne 대학 바로 앞에 자리 잡고서 사회주의 노선의 평론잡지 『반월 수첩 *Cahiers de la Quinzaine*』을 창간하여 압제에 신음하는 아르메니아Arménie 사람들과 흑인들 편을 들어주고 또 로맹 롤랑Romain Rolland과 아나톨 프랑스Anatole France 등 문학인들의 작품도 출판해주었다. 이 잡지는 1914년경까지 유지되며 당시 지식인들의 의식 형성에 막대한 영향을 미쳤다. 1905년경부터 그는 세계 전체를 위한 평화주의와 정통적인 사회주의를 배격하며 프랑스만을 위하는 애국자 또는 민족주의자로 활동했다. 친구 로트Lotte에게 고백했듯이 그는 1908년에 내면 감정의 변화를 겪으며 진정으로 가톨릭 교인이 되었다. 가톨릭교의 전통 교리를 꼭 지키려 하지는 않았지만 그래도 신을 의지하며 기독교적인 사회주의가 프랑스 땅에 뿌리내리기를 그는 원했다. 그처럼 끊임없이 조국 프랑스의 미래를 걱정하던 중 1914년 제1차 세계대전이 일어나자 그는 즉각 참전했다. 하지만 같은 해 9월 5일 빌루아Villeroy 근처 마른Marne 전선에서 그는 전사하고 말았다.

페기는 사상가로서 또 논쟁가로서 사회의 여러 이념에 대해 본인의 주장을 확실히 하며 살았다. 강력한 논전자로서의 그의 작품들로 산문 연대기들, 『우리의 조국 *Notre Patrie*』(1905), 『빅토르 마리, 위고 백작 *Victor-Marie, comte Hugo*』(1910), 『우리의 청춘 *Notre Jeunesse*』(1910), 『돈 *L'Argent*』·『속편, 돈 *L'Argent, suite*』(1913) 등이 있다. 그가 유년시절부터 품었던 생각을 쓴 희곡 『잔 다르크 *Jeanne d'Arc*』(1896)가 있고, 이 희곡을 시적인 산문으로 개작하여 프랑스 민족과 종교에 대한 그의 관점을 표현한 『잔 다르크의 자비의 신비 *Le Mystère de la Charité de Jeanne d'Arc*』(1910)도 있다. 시적 산문작품들로 또 『제2 미덕의 신비로 들어가는 문 *Le Porche du Mystère de la deuxième Vertu*』(1911)과 『무고한 성인들의 신비 *Le Mystère des saints Innocents*』(1912)가 있다. 전통적인 정형시 형식의 시집으로 파리의 수호성녀들을 찬양하는 『성 즈느비에브와 잔 다르크의 장식융단 *La Tapisserie de sainte Geneviève et de Jeanne d'Arc*』이 있고, 그가 샤르트르Chartres에서 순례할 무렵에 쓴 시집 『노트르담의 장식융단 *La Tapisserie de Notre-Dame*』(1913)도 있다. 『이브 *Ève*』(1914)는 여성의 사명과 구원 문제를 4행시 형식의 8천행으로 규명하려 한 장시집이다.

그의 시 한 편을 본다.

Depuis le Point-du-Jour jusqu'aux cèdres bibliques
Double galère assise au long du grand bazar,
Et du grand ministère, et du morne alcazar,
Parmi les deuils privés et les vertus publiques;

Sous les quatre-vingts rois et les trois Républiques,
Et sous Napoléon, Alexandre et César,
Nos pères ont tenté le centuple hasard,
Fidèlement courbés sur tes rames obliques.

Et nous prenant leur place au même banc de chêne,
Nous ramerons des reins, de la nuque, de l'âme,
Pliés, cassés, meurtris, saignants sous notre chaîne;

Et nous tiendrons le coup, rivés sur notre rame,
Forçats fils de forçats aux deux rives de Seine,
Galériens couchés aux pieds de Notre Dame.

   ('Paris double galère', *La Tapisserie de Notre-Dame*)

창세기 여명 이래로 성서 시대의 증인 삼나무들에게까지
사적인 슬픔과 공적인 미덕 사이에
큰 시장과 높은 청사와
우중충한 무어식 궁전을 따라 자리 잡은 이중 갤리선

팔십 명의 왕과 프랑스의 세 공화체제 아래서
그리고 나폴레옹과 알렉산더 대왕과 세자르 치하에서
우리의 선조는 수백 배로 위험한 우연을 시도했다
기울어진 너의 노들 위에 충실히 몸을 구부린 채.

그리고 같은 참나무 벤치 그들 자리에 앉아
우리는 허리로, 목덜미로, 영혼으로 노를 저으리
사슬에 묶여 복종하고 부서지며 멍들고 피 흘리며.

그리고 센 강 두 연안에 갤리선 죄수들의 죄수 아들들,
성모 마리아 발밑에 쓰러진 갤리선의 노예들,
우리는 노에 묶인 채 견디어 나가리.
　　　　　　　　（「파리, 이중 갤리선」, 『노트르담의 장식융단』）

위의 시는 페기가 자신의 신앙을 쇄신하며 1913년경에 쓴 것으로 『반월 수첩』(XIV, 10)에 수록된 『노트르담의 장식융단』에 들어 있다. 시인은 그 당시 곧 세계 전쟁이 일어나리라는 것을 예감하고 프랑스의 위급한 상황을 걱정했다. 시는 바로 그처럼 위기에 처한 프랑스의 수도, "파리"의 상황을 "갤리선"을 젓는 형벌을 받아야만 하는 "노예 죄수들"의 상황에 비유하고 있다. 발목을 "사슬"로 묶인 채 전쟁물자 등의 운송을 위해 노를 저어 가야만 하는 "죄수들"의 삶의 조건은, 예를 들면 복잡한 "이중"의 국제관계 속에서 전쟁 등의 위험에 노출된 "파리"의 그리고 프랑스 전체의 상황과 거의 같음을 시는 말한다. 감성적이고 또 서정적인 면도 보여주지만 시는 "성모 마리아" 앞에 다가가는 인간의 성스러운 면을 보여주면서 기독교식의 조국애를 표현한다. 시의 이러한 측면들은 전위적인 구성법이 아닌 오히려 12음절 시구의 전통적인 시형 속에서 그려지고 있어 페기 본인이 정의로운 사회 건설을 위해 파격적으로 앞장을 섰던 것과 대조된다.

작가 약력:

1873년, 부르고뉴 지방의 오를레앙에서 출생.

1894년, 파리 고등사범학교에 입학.

1898년, 1월 3일 에밀 졸라의 신문 발표 "나는 고발한다"에 찬성하고 드레퓌
　　　　스 사건 재심을 주장. 신문기자직에 투신.

1900년, 사회주의 잡지『반월 수첩』창간.

1905년, 독일과의 전투를 예견하고 정통적인 사회주의를 배격하며 민족주의
　　　　자가 됨.

1914년, 9월 5일 제1차 세계대전에 참전 중 마른 전선에서 사망.

29
회화적 이미지 속 풍자,
막스 자코브(1876~1944)

　　막스 자코브Max Jacob는 브르타뉴Bretagne의 캥페르Quimper에서 태어난 유태계 프랑스 시인으로 청년기에 파리에 자주 드나들다가 1898년경부터 파리에 정착했고 1901년에 파블로 피카소Pablo Picasso를 몽마르트르Montmartre에서 만나 이때부터는 시인 기욤 아폴리네르Guillaume Apollinaire와도 알게 되었다. 자코브는 입체파 화가의 길을 걷고 있던 피카소에게 자신만을 기억해달라는 애정에 찬 편지를 보내기도 했고 또 본인이 1909년 가톨릭교로 개종을 할 때 자신의 대부가 되어달라고 그에게 부탁할 정도로 두 사람은 아주 각별한 사이였다. 프랑스 초현실주의 문학의 길을 튼 아폴리네르와도 아주 친한 사이여서 자코브는 가장 친한 이 두 친구와 함께 프랑스 입체파와 초현실주의 문학 탄생에 큰 역할을 했다. 1921년경부터 그는 생 브누아 쉬르 루아르Saint-Benoît-sur-Loire의 수도원에 은거해 있다가 제2차 세계대전 중에 유태인이라는 이유로 독일군에 체포되어 파리 근처 드랑시Drancy에 있는 포로수용소로 끌려갔다. 독일 사람들에 의해 암살되었다는 말도 있고 병으로 사망했다는 말도 있는데 어쨌든 그는 그곳에서 생을 마쳤다.

시 작품으로 『주사위 통 *Le Cornet à dés*』(1917), 『중앙 실험실 *Le Laboratoire central*』(1921), 『장미색 셔츠 입은 회개자들 *Les Penitents en maillots roses*』(1925), 『발라드 *Ballade*』(1938), 브르타뉴어로 쓰인 『게 일어 모르방 시집 *Poèmes de Morvan le gaélique*』(1953) 등이 있다. 종 교에 관련해서 작가 자신의 체험을 그린 소설 『성 마토렐 *Saint Matorel*』(1909)과 장 콕토Jean Cocteau와 아폴리네르 등에게 보낸 편 지 모음집인 『서한집 I, II, *Correspondance I, II*』(1953, 1955)도 있다. 그의 시를 소개한다.

Non! je ne me priverai pas pour lui faire des économies! on me passe des plats et je mange à loisir. Lui, pour me faire la leçon, se contente d'un artichaut à la gelée, puis pour me montrer son mépris s'endort sur la banquette de cuir, j'en fais autant. Jusqu'au moment où le garçon nous éveille: «Allons! messieurs, vous n'êtes pas dans une gare. Il nous faut mettre la table pour le dîner.» Pas dans une gare ni dans un wagon-restaurant, là non plus on ne peut dormir après le repas sans qu'on vous crie: «Deuxième service!»

('Repos, Repas', Le Cornet à dés II)

아니야! 그에게 절약하게 하려고 내가 허리띠를 졸라매지는 않 으리라! 누군가 네게 음식을 내밀고 나는 한가로이 식사를 한다. 그런데 바로 그는 나를 훈계하려고 아티초크 젤리만 먹는 것으로 그치고 자신은 관심 없다는 걸 내게 보여주려고 가죽 긴 의자 위 에서 잠이 든다. 나도 잠을 잔다. "자! 손님들, 역이 아니에요. 저 녁 식탁을 차려야 합니다"라고 종업원이 깨울 때까지 우리는 잤 다. 역에서도 식당차에서도 잘 수 없고 바로 여기서도 우리는 식 사 후 잠을 잘 수가 없다. "두 번째 음식을 내오시오!"라고 외쳐

대지 않고는.

(「휴식, 식사」, 『주사위 통 2』)

위의 시는 절약하기 위해 식당에서 "식사"를 조금만 주문하고 그러나 이를 감추려는 듯 여유를 보이며 "식사" 후에 그곳에서 "잠까지 자며 쉬려고 하는" 도시 서민들의 단순한 일상생활을 적나라하게 보여준다. "나"라는 주체는 바로 그와 같은 삶의 방식을 좋아하지 않으면서도 자신도 결국은 그런 식으로 살게 되는 모순 속에 있다. 자유분방한 산문적 언어리듬을 따라 시는 식당 안에서 이루어지는 그러한 정경의 회화적 이미지를 빈정거리는 익살로 표출시킨다.

흔히 불안한 정서 상태에서 기독교 신앙에 심취하며 자신의 종교적인 감성을 솔직담백하게 그대로 시를 쓰기도 했고, 또는 위의 시가 실린 산문시집 『주사위 통』 전체에서처럼 초현실주의적인 환상과 창의적인 언어 사용으로 때로는 속임수를 쓰며 대담하고 선동적인 이미지의 시를 쓰기도 했던 시인의 창작세계는 다채롭다.

작가 약력:

1876년, 7월 12일 브르타뉴 지방의 캥페르에서 출생.
1898년경, 파리에 정착.
1901년, 피카소와 아폴리네르를 알게 됨.
1909년, 가톨릭교로 개종.
1921년경, 생 브누아 쉬르 루아르 수도원에 은거.
1944년, 3월 5일 파리 근교 드랑시의 독일 군대 포로수용소에서 사망.

30
새로운 것에 대한 모험,
기욤 아폴리네르(1880~1918)

기욤 아폴리네르Guillaume Apollinaire는 이탈리아인 아버지와 폴란드인 어머니로부터 로마에서 태어났고 1899년부터 파리에서 생활했다. 그는 1901년부터 약 1년 동안 독일에 머물며 가정교사를 한 후 다시 파리에 와서 시인들 막스 자코브Max Jacob와 알프레드 자리Alfred Jarry, 화가들 피카소Picasso와 드랭Derain, 마리네티 Marinetti, 기타 흑인작가 등을 만나며 전위 문학·예술 운동에 참여했다. 1907년 피카소의 친구인 여류화가 마리 로랑생Marie Laurencin 을 만나 사랑을 하기도 했으나 1912년 그녀와의 결별로 사랑의 시련이 찾아오기도 했다. 하지만 1914년 가을 니스Nice에서 루Lou라는 젊은 여인과의 만남은 그에게 다시 열정적인 사랑의 힘을 주었다. 그런데 이도 잠시 누구에게나 교태를 부리고 추파를 던지는 그녀의 성격은 그에게 많은 고통을 주었다. 그는 님Nîmes에 있는 프랑스 포병대에 배치되어 있던 중, 루와의 사랑의 만남이 고통스럽기도 하고 또 외국인인 자신을 프랑스인으로 받아준 프랑스에 고마운 마음도 들어 1915년 4월 자청해서 제1차 세계대전 전쟁터로 나갔다. 그러나 1916년 3월 17일 머리에 포탄 파편을 맞아 파리행이 그에게 강요되었다. 부상의 상처가 어느 정도 치유되어 1918년 자클린 콜브Jacqueline Kolb라는 젊은 여인과 결혼했으나 유행성 스페인 감기로 머리 부상의 후유증이 악화되어 그는 같은 해 11월 세상을 떴다.

그의 시집으로는 『동물담집 *Bestiaire*』(1911), 『알콜 *Alcools*』(1913), 『암살된 시인 *Le Poète assassiné*』(1916), 『티레지아스의 유방 *Les Mamelles de Tirésias*』(1917), 『칼리그람 *Calligrammes*』(1918) 등이 있다. 『알콜』에는 그의 대표 시, 즉 그가 마리 로랑생과의 이별의 고통을 노래한 「미라보 다리 Le Pont Mirabeau」와 또 그가 독일에서 가정교사로 일하며 알게 된 영어 가정교사인 영국여자 애니 플레이든 Annie Playden과의 사랑과 이별을 그린 「사랑받지 못한 남자의 노래 La Chanson du mal-aimé」, 「랜더 길의 이민 L'Émigrant de Landor Road」 등이 수록되어 있다. 『칼리그람』에는 그가 전쟁 중에 만난 루에 대한 사랑의 정열, 또는 그 이후에 만난 자클린 콜브에 대한 그의 사랑, 그리고 전쟁 등 여러 주제의 시행들을 기하학적으로 배치한 작품들이 포함되어 있다. 이 시집에 수록된 「풍경 Paysage」, 「넥타이와 회중시계 La cravate et la montre」, 「심장 왕관 그리고 거울 Coeur couronne et miroir」 등은 상징기호처럼 시구들을 배열해서 사물에 회화 또는 영상의 이미지를 주는 대표적인 시편들이다. 그는 동물을 소재로 한 시 쓰기도 즐겨 『동물담집』을 펴냈는데 여기에는 간략한 음절수의 4행시로 그려진 말과 토끼, 뱀, 코끼리, 파리, 메뚜기, 황소 등에 대한 노래들이 수록되어 있다.

작품들 중에서 아폴리네르의 이상세계를 가장 직접적으로 잘 보여주는 시는 바로 『칼리그람』의 마지막 시편인 「어여쁜 갈색머리아가씨 La Jolie Rousse」인 듯하다.

Je sais d'ancien et de nouveau autant qu'un homme seul
                                        pourrait des deux savoir
Et sans m'inquiéter aujourd'hui de cette guerre
Entre nous et pour nous mes amis
Je juge cette longue querelle de la tradition et de l'invention
            De l'Ordre [et] de l'Aventure
Vous dont la bouche est faite à l'image de celle de Dieu
Bouche qui est l'ordre même
Soyez indulgents quand vous nous comparez
A ceux qui furent la perfection de l'ordre
Nous qui quêtons partout l'aventure

Nous ne sommes pas vos ennemis
Nous voulons nous donner de vastes et d'étranges domaines
Où le mystère en fleurs s'offre à qui veut le cueillir
Il y a là des feux nouveaux des couleurs jamais vues
Mille phantasmes impondérables
Auxquels il faut donner de la réalité
Nous voulons explorer la bonté contrée énorme où tout se tait
Il y a aussi le temps qu'on peut chasser ou faire revenir
Pitié pour nous qui combattons toujours aux frontières
De l'illimité et de l'avenir
Pitié pour nos erreurs pitié pour nos péchés
Voici que vient l'été la saison violente
Et ma jeunesse est morte ainsi que le printemps
O Soleil c'est le temps de la Raison ardente

Et j'attends

Pour la suivre toujours la forme noble et douce

Qu'elle prend afin que je l'aime seulement

Elle vient et m'attire ainsi qu'un fer l'aimant

Elle a l'aspect charmant

D'une adorable rousse

('La Jolie Rousse', *Calligrammes*)

나는 둘 중의 단 한 사람이 알 수 있을 정도는 옛것과 새것에 대
해 안다

그래서 오늘 이 전쟁을 걱정하지 않고
나의 친구들 우리끼리 우리를 위해
질서[와] 모험
전통과 창의적 발명의 이 오랜 싸움을 나는 생각한다
질서 자체인 입
그 입이 신의 입을 본떠 만들어진 당신들
흠잡을 데 없는 질서 자체였던 자들과
어디에서든 모험을 찾는 우리
우리를 비교할 때 너그럽게 봐주오

우리는 당신들의 적이 아니라오
꽃이 핀 신비로움이 이를 따려는 자에게 바쳐지는
원대하고 기묘한 그런 영역을 우리는 꾸미려 하오
현실성을 얻어야 할
헤아릴 수 없는 수많은 환상들
새로운 불 한 번도 본 적 없는 색깔들이 바로 거기에 있다오
우리는 모두 침묵하는 거대한 착한 나라를 찾으려 하오
내쫓거나 돌아오게 할 수 있는 시간이 또한 있지요

무한함과 미래의

경계에서 언제나 싸우고 있는 우리에게 동정을

우리의 실수에 측은지심을 우리의 죄과에 자비를 베풀어주시오

벌써 강렬한 계절 여름이 오고

내 젊음은 봄처럼 사라져버렸다

오 태양이여 뜨거운 이성의 절기라오

     그래 나는 기다려요

언제나 그녀를 따라가기 위해 내가 오직 그녀만을 사랑하도록

그녀가 지니고 있는 고결하고 온화한 모습을

그녀는 와 나를 끌어당겨요 자석이 쇠를 당기듯

    그녀는 근사한 갈색머리 아가씨의

매력적인 용모를 지닌다

      (「어여쁜 갈색머리 아가씨」, 『칼리그람』)

이 시는 1918년 작으로 죽어가는 시인의 마지막 순간을 지켜보는 "그녀" 즉, 부인 자클린 콜브에 대한 사랑을 노래하는 그의 유언 시라고 할 수 있다. 부인에 대한 연모의 정을 기저로 하면서 시는 현대적 의미의 새로운 문학과 새로운 예술에 대한 개념을 정의내리기도 한다. 과거의 구시대적인 "전통" 속에서 기존의 "질서"만을 "완벽"하게 지켜내려는 사람들과 반대로 미래의 새 시대를 향해 가며 혁신적인 것을 창조하려는 시적 "모험"이 시에서 표명된다. "전통"과 "창의적 발명" 문제 등에 대해 논쟁하는 풍조 속에서 새로운 것을 지향하는 창조적 "모험"은 아폴리네르 시 세계의 근간이라 할 수 있다. 그의 여러 다른 시편들이 흔히 그렇듯이 위의 시도 구두점을 생략하여 진부한 표현에서 벗어나려 하며 여인에 대한 사랑에 신비감을 주고 또 "옛것"에 대한 "새것" 추구의 의미를 증대시킨다.

위의 시를 비롯해 그의 모든 시에서 흔히 나타나는 그와 같은 경향은 그가 전위문학작가들과 흑인예술가들에게서 영향받으며 "새로운 정신esprit nouveau"을 선언하고 또 1917년 최초로 "초현실주의surréalisme"라는 용어를 사용하며 현대문학과 현대예술에 새로운 길을 제시하려 했던 것과 무관하지 않다. 앙드레 브르통André Breton이 1924년에 "초현실주의 선언"을 하고서 자동기술법écriture automatique으로 무의식 세계를 되살려 인간 내면 깊이에 숨어 있는 여러 면모를 여과 없이 끌어내는 문학 추구 방법을 시도한 것은 바로 아폴리네르의 그러한 획기적이고 엉뚱한 창작 발상에 그 유래를 두고 있다 하겠다.

작가 약력:

1880년, 8월 26일 로마에서 태어남.
1899년, 파리에 옴.
1901년, 독일에서 가브리엘 드 밀루 양의 가정교사가 됨.
1902년경, 파리로 돌아와 전위 문학·예술 운동에 참여.
1907년, 여류화가 마리 로랑생을 만나 사랑에 빠짐.
1912년, 마리 로랑생과 이별.
1914년, 루라는 여인을 사랑함.
1915년, 4월 제1차 세계대전 전쟁터로 감.
1916년, 3월 17일 머리 부상 때문에 파리로 송환됨.
1918년, 자클린 콜브와 결혼. 머리 부상의 후유증으로 11월에 사망.

31
유럽대륙과 남미대륙을 넘나드는 상상, 쥘 쉬페르비엘(1884~1960)

쥘 쉬페르비엘Jules Supervielle은 1884년 1월 16일 남아메리카에 있는 우루과이Uruguay의 몬테비데오Montevideo에서 바스크Basque 지방 출신의 프랑스인 부모에게서 태어났다. 부모가 오염된 물을 마셔 생후 8개월 만에 세상을 떠나자 삼촌과 이모가 그를 키웠다. 자신의 친부모에 대한 것을 유년시절에 알게 되어 정신적인 충격이 컸지만 그래도 그는 경제적으로 어려움은 없어 학업과 문학에 몰두할 수 있었다. 1900년부터 프랑스에서 시집 출간을 하는 등 1960년 5월 17일 파리에서 생을 마칠 때까지 그는 20세기 프랑스 현대시인의 자리를 확고히 굳혀 나갔다.

1930년부터 1960년경까지 그의 시 작품들은 초현실주의 경향을 보이기도 하지만 시인 본인은 자신을 초현실주의자라고 생각하지 않았다 한다. 첫 시집 『지난날의 안개 *Brumes du passé*』(1900)를 비롯해 『선창 *Débarcadères*』(1922), 『중력 *Gravitations*』(1925), 『무고한 도형수 *Le Forçat innocent*』(1930), 『미지의 친구들 *Les Amis inconnus*』(1934), 『세계의 우화 *La Fable du monde*』(1938), 『비참한 몸 *Le Corps tragique*』(1959) 등이 그의 주목할만한 시집들이다. 이 외에도 소설

『팜파스의 인간 *L'Homme de la pampa*』(1923), 콩트『험한 바다의 아이 *L'Enfant de la haute mer*』(1931), 연극작품『볼리바르 *Bolivar*』(1936) 등이 있다.

　시집『선창』에 수록된 작품 한 편을 소개한다.

Sous un ruisseau de ciel où tend une guitare

Briseuse de ténèbre au vieux Gênes secret,

Je monte vers le port offert de Miramare

Où je promène mes soucis rasés de frais,

Tandis que la vapeur des trains s'allie à celle

Des paquebots au ciel mouvant de balancelle

Où vont mes souvenirs joindre en lucides bonds

L'âme en voyage encor de Christophe Colomb.

Je me mêle parmi des champs de transparence

A des anges joufflus qui soufflent sur des lys

Comme aux fresques qu'orna Melozzo da Flori

Et nous nous envolons ensemble pour la France.

('Gênes', Débarcadères)

신비의 옛 도시 제노바에 어둠의 파괴자

기타 하나가 연주되는 하늘 개울 아래,

갓 깎아 가득 채운 근심거리를 내가 끌고 다니게 될 그곳

드러난 미라마레 항구를 향해 나는 올라간다.

약진하는 명철한 의식으로 나의 회상이

아직도 여행 중인 크리스토퍼 콜럼버스의 영혼을 만나려 하는 그곳

큰 돛단배 흘러가는 하늘에선

기차 연기가 여객선 연기와 섞이는데.

멜로조 다 플로리가 아름답게 꾸민 대 벽화에서처럼

흰 백합 꽃밭 위에 쉬고 있는 뺨이 통통한 천사들 속에

투명한 들판 사이로 나 끼어들어

우리는 함께 프랑스를 향해 날아간다.

(「제노바」, 『선창』)

위의 시는 이탈리아의 "제노바"에서 시 주체가 실제로 한 여행에 자신의 상상세계를 추가했다고 할 수 있다. 시는 "하늘 개울"과 "큰 돛단배 흘러가는 하늘" 등을 표현하며 창공과 대지의 물 요소를 결합시키는 물질적 상상세계를 펼친다. 주체의 섬세한 감정을 따라 시는 하늘과 바다를 하나의 같은 유동적인 물질로 다룸으로써 평범한 일상생활에 관련되는 소재를 통해 오히려 신비하고 신선한 이미지를 창출한다. 이러한 상상적 이미지는 자신이 발견한 대륙이 인도라고 생각했지만 사실은 아메리카 대륙을 발견한 "크리스토퍼 콜럼버스"(1451~1506)라는 인물 제시에 의해 확실한 현실성을 부여받기도 한다.

특히 시는 그 탐험가를 언급할 때 남미대륙을, 우루과이를 상기시키기도 하는데 여기에 다시 "프랑스"까지 등장시킨다. 이는 주체가 프랑스와 우루과이 양국에서 자기 존재의 정체성을 찾는 것이라 할 수 있다. 시인이 이 두 나라 국적을 동시에 가지기도 했듯이, 시 주체도 시공을 초월해 두 나라 또는 두 나라가 속해 있는 유럽대륙과 남미대륙을 오가며 자신의 신분을 재확인하려 한다.

우주 공간 속에서 전개되는 천체들 간의 과학적 또는 물리적인 관계, 천체들과 동식물들 간의 관계 그리고 남아메리카에 펼쳐지는

대초원의 아름다움과 이미 떠나가 버린 그리운 부모, 억압받는 민족 등에 대한 주제들이 그의 시 작품들의 주요 성분이 되기는 하지만, 위의 시에서 나타나는 그러한 상상의 대륙횡단 여행이 무엇보다도 작품들의 근간을 이룬다.

작가 약력:

1884년, 1월 16일 우루과이의 몬테비데오에서 출생. 우루과이와 프랑스 두 나라 국적 소유. 9월경 부모와 사별.
1900년, 프랑스에서 초기 시집들 출간 시작.
1940년, 우루과이 국적 포기.
1960년, 5월 17일 파리에서 사망.

32
우주 예찬,
생 존 페르스(1887~1975)

생 존 페르스Saint-John Perse(본명: 알렉시스 레제Alexis Léger)는 서인도 제도에 있는 프랑스령 과들루프Guadeloupe 섬에서 프랑스인 부모로부터 태어났다. 1897년 이 섬에 지진이 나 온 가족이 프랑스에 오게 됨으로써 페르스는 중·고교를 포Pau 지방에서 다녔다. 이때부터 그는 19살 많은 프랑시스 잠Francis Jammes과 폴 클로델 Paul Claudel을 만나며 시인의 길을 생각했다. 하지만 그가 보르도 Bordeaux 대학에 다닐 때는 의학과 지질학, 로마법을 공부했다.

1914년 외교관 시험에 합격함으로써 그는 베이징Pékin 등 여러 곳에 체류했고 이후에는 프랑스 외무성에서 줄곧 일을 했다. 1938년 그가 히틀러Hitler에 대한 유화정책에 반대를 해서 제2차 세계대전 발발을 계기로 1940년 10월 비시Vichy 정부가 그에게서 프랑스 국적을 빼앗아버렸다. 이때부터 그는 미국에 체류하며 시 창작에 전념했다. 1944년에 제2차 세계대전이 끝나도 프랑스로 돌아오지 않았으나 1957년에 비로소 프랑스에 대한 향수가 그를 사로 잡았다. 1960년 그의 모든 작품에 대해 노벨 문학상이 주어졌다.

시 작품들로는 그가 카리브 해에서 보낸 자신의 유년시절을 추억

하며 이국적인 자연풍경을 그린 『찬가 *Éloges*』(1911)와 중앙아시아의 풍경을 그린 『아나바즈 *Anabase*』(1924)가 있다. 또 그의 망명 중에 쓰인 『망명 *Exil*』(1942)과 『비, 눈 *Pluies, Neiges*』(1944), 『바람 *Vents*』(1947), 『고배 *Amers*』(1957) 등이 있다. 그리고 인간의 시간과의 관계를 보여주는 『연대기 *Chronique*』(1960)와 『새 *Oiseaux*』(1963), 『어느 분점(分點)을 위한 노래 *Chant pour un équinoxe*』(1971)도 있다. 그의 작품들 중 하나를 본다.

Poésie pour accompagner la marche d'une récitation en l'honneur de la Mer.
Poésie pour assister le chant d'une marche au pourtour de la Mer.
Comme l'entreprise du tour d'autel et la gravitation du choeur au circuit de la strophe.

Et c'est un chant de mer comme il n'en fut jamais chanté, et c'est la Mer en nous qui le chantera:
La Mer, en nous portée, jusqu'à la satiété du souffle et la péroraison du souffle,
La Mer, en nous, portant son bruit soyeux du large et toute sa grande fraîcheur d'aubaine par le monde.

Poésie pour apaiser la fièvre d'une veille au périple de mer.
Poésie pour mieux vivre notre veille au délice de mer.
Et c'est un songe en mer comme il n'en fut jamais songé, et c'est la Mer en nous qui le songera:
La Mer, en nous tissée, jusqu'à ses ronceraies d'abîme, la Mer, en nous, tissant ses grandes heures de lumière et ses grandes pistes de ténèbres -

Toute licence, toute naissance et toute résipiscence, la Mer!
la Mer! à son afflux de mer,

Dans l'affluence de ses bulles et la sagesse infuse de son
lait, ah! dans l'ébullition sacrée de ses voyelles - les saintes
filles! les saintes filles! -

La Mer elle-même tout écume, comme Sibylle en fleurs sur
sa chaise de fer······

('Invocation', 3, Amers)

단 하나뿐인 광활한 바다에 경의를 표하여 하나의 낭송으로
행진하기 위한 시.

유일한 넓은 바다 주변에 흐르는 어떤 운행의 노래를 보좌하
기 위한 시.

제단 돌기할 때처럼 그리고 좌측 회전대가 돌 때 성가대의 중
력운동처럼.

그리고 그것은 한 번도 찬양받지 못해 작은 바다의 한 노래 그
리고 바로 그것을 찬양하려는 우리 마음속 유일한 바다.

실컷 숨 쉬고 숨이 끝날 때까지 우리 힘이 미치는 곳에 광대한
유일무이의 바다,

먼 바다의 비단처럼 부드러운 그 소리와 세계에 의한 그 모든 고
귀한 싱그러운 행운을 가져오는 우리 마음속 오직 하나뿐인 바다.

항해 여행 전야의 열기를 가라앉히기 위한 시. 즐거운 해양생
활 우리의 전야를 더 잘 부내기 위한 시.

그리고 그것은 한 번도 꿈꾸어지지 못해 작은 바다에서의 한 몽
상 그리고 바로 그것을 꿈꾸어보려는 우리 마음속 유일한 바다.

심연의 그 가시덤불 땅에까지 우리 마음속에 짜여 있는 하나
뿐인 넓은 바다, 그 위대한 빛의 시간들과 위대한 어둠의 흔적들
을 만들어내는 우리 마음속 하나뿐인 넓은 바다

유일한 바다! 유일한 바다! 온갖 파격과 온갖 출현, 온갖 뉘우
침, 그 작은 바닷물 유입으로,
　　몰려드는 그 거품 속에서 그리고 그 유액의 선천적인 예지 속에
서, 아! 성 처녀들! 성 처녀들! 그 모음들의 성스러운 비등 속에서.
　　철제 의자에 앉아 있는 꽃들 속 무녀처럼 온통 거품투성이 유
일한 넓은 바다 그 자체……

(「기원」, 3, 『고배』)

　페르스는 외교관 신분으로 여러 곳을 다니며 많은 것을 보았고
또 지식도 풍부하여 다양한 시각으로 자연 사물을 볼 수 있었다. 실
제로 시는 "중력운동" 등 유식한 과학지식에 의거해 우주 생성의
근원을 상기시키며 인간의 "바다"와의 교감관계를 거의 철학적 관
점에서 말하고 있다. 그의 시 작품들은 흔히 눈, 비, 바람, 바다, 나
무 등 자연의 위대함을 예찬하며 우주에 "경의"를 표하는 경우가
많은데 위에 제시된 시도 바로 "바다" 예찬에 관한 것이다. "유일한
바다"는 시 주체의 서정적 감성과 장엄하고 성스러운 어조에 의해
다양하고 신비한 대양의 이미지를 지니면서 우주현상과 인류문명
간의 보다 근본적인 관계를 생각해보게 한다. 그리고 "유일한 넓은
바다"는 인간으로부터 숭배를 받아야 할 우주 자연이면서도 자연
자체로 머물지 않고 "시"와 상징관계를 이룸으로써 "시"는 그 "바
다 주변"에서 우주 공간 속 천체들의 "운행" 소리와 호흡할 수 있
는 절대 차원의 장르로 상승된다. 시는 정형시가 아닌 시구verset 형
식을 통해 이러한 이미지들을 극대화한다.

작가 약력:

1887년, 프랑스령 과들루프 섬에서 출생.

1897년, 프랑스로 귀국. 포 지방에서 중·고교 마침. 보르도에서 의학과 지질
　　　　학, 로마법을 공부.

1906년, 시인의 길 생각.

1907년, 아버지의 갑작스러운 죽음.

1914년, 외무고시에 합격.

1916~1921년, 베이징에서 외교관 생활.

1925~1932년, 외무장관 아리스티드 브리앙의 비서.

1938년, 히틀러 옹호정책에 반대.

1940년, 10월 비시 정권에 의해 프랑스 국적 박탈됨. 미국으로 감.

1957년, 프랑스로 귀환.

1960년, 노벨문학상 수상.

1975년, 프로방스 지방에 거주하던 중 사망.

33
본능과 이성 사이에서 분열된 인간 조명, 피에르 장 주브(1887~1976)

피에르 장 주브Pierre-Jean Jouve는 프랑스 북부지방에 있는 아라스Arras에서 태어나 20대 초반에 파리에 왔다. 제1차 세계대전이 일어나자 그는 몸이 약해 위생병으로 참전했고 이때 전쟁에 반대하는 시를 쓰기도 했다. 프로이트Freud의 정신분석학에도 많은 관심을 가져 전쟁 후 1922년에는 정신분석가 블랑슈 르베르숑Blanche Reverchon이 그의 반려자가 되었다. 제2차 세계대전 동안 그는 스위스에 잠시 머물렀었고 전쟁이 끝나자 오스트리아와 이탈리아를 중심으로 유럽을 여행하며 시를 쓰거나 다른 작가들의 문학작품을 비평하고 또는 번역 작업을 했다. 어릴 때 피아노를 배웠기 때문에 음악에도 취미가 많고 그림도 좋아해서 그림과 음악 등 예술작품에 대한 평론도 그의 주요 활동이었다. 1962년 그에게 수여된 프랑스 문학상은 그동안 이루어진 그의 작품 활동의 총결산이었다.

주브는 인생의 허무함을 번민하다가 1924년에 가톨릭으로 개종을 했기 때문에 그전에 쓰인 초기 시집들 『현존 *Présence*』(1912), 『시간 *Heures*』(1919), 『비극시 *Tragiques*』(1923) 등을 모두 부정했다고 한다. 그래서 그 이후에 나온 시집들이 그의 대표작이 된다. 그의 작품들은 주로 기독교적인 주제나, 또는 프로이트 이론, 즉 인간 행동에 큰 영향을 미친다고 알려져 있는 무의식적인 힘과 성 충동에 관련된 주제에 바탕을 두고 있다. 『혼례 *Les Noces*』(1928), 『피땀 *Sueur de sang*』(1934), 『엘렌 *Hélène*』(1936), 『하늘의 질료 *Matière céleste*』(1937), 『키리에 *Kyrie*』(1938), 『영광 *Gloire*』(1942), 『증인들 *Les Témoins*』(1943), 『파리의 성모 마리아 *La Vierge de Paris*』(1945), 『찬가 *Hymne*』(1947), 『왕관 *Diadème*』(1949), 『멜로드라마 *Mélodrame*』(1957), 『물결무늬 *Moires*』(1962) 등이 그와 같은 내용들로 구성된 주요 작품들이다.

그의 시를 본다.

≪O terreur! ô terreur! Je te nomme, terreur
Je suis, terreur, je suis le détruis-moi
Et je t'aime terreur.

≪Le noir enveloppe la peau de mon coeur
Mes faces sont de cendre et de larme et de bois
Mes pensées sont éternelles comme les vents
Mes âmes - tu ne les sais pas - mes âmes
Mes vents

≪Et terreur j'allonge en toi ma main tu trembles
Je me remue dans ton souffle et je rends froids
Tel noeud de nerfs tel palais du sang de l'amour

≪Je suis toi ton espoir ton regret ton regard

Ta terreur et j'habite une vaste colline
Où ils sont tous! et où tu viens! où te voilà!≫
　　　　('«O terreur! ô terreur! Je te nomme, terreur»', *Diadème*)

오 공포여! 오 공포여! 난 너에게 이름 붙인다, 공포라고
공포여, 나는, 나는 자아를 파괴하는 자
그러니 난 공포 너를 사랑하지.

어둠은 내 심장의 표피를 감싸고 있고
나의 얼굴은 재로 눈물로 나무로 되어 있다
나의 생각은 바람처럼 영원하다
나의 영혼-넌 그걸 몰라-나의 영혼
나의 바람

공포 너에게 내가 손을 뻗으니 넌 전율한다
나는 너의 숨결 속에 움직이며 차디차게 만들지
어느 신경 매듭을 어느 사랑의 피 궁궐을

난 너 너의 희망 너의 회한 너의 눈길
너의 공포 그리고 난 광활한 언덕에 살아
그 모든 것이 있는 그곳에! 네가 오고 있는 그곳에! 드디어 네가
　　　　　　　　　　　　　　도착한 그곳에!
　　　（「오 공포여! 오 공포여! 난 너에게 이름 붙인다, 공포라고」,
　　　　　　　　　　　　　　　『왕관』)

　주브에게는 기독교라는 종교도 중요하고 프로이트의 정신분석학
도 중요하기 때문에 그의 작품들에서는 흔히 이 둘의 관계 문제가

제기된다. 위의 시도 예외는 아니다. 시인은 청소년기에 큰 수술을 받아 죽음의 문턱에까지 갔었다고 하는데 그래서인지 육신의 죽음과 함께 "영혼"도 "파멸"될 것이라는 두려운 추측이 "공포"라는 이름으로 시에 표현된다. "영혼"의 소멸은 "자아의 파괴"와도 무관하지 않은 것, 그런데 이러한 "파멸"에 대한 심리적 압박감, 즉 "공포"는 "파괴적"이고 그러면서 동시에 "전율하는 숨결"로 인간을 늘 에로틱한 "사랑"의 장으로 끌고 가는 "영원"한 "희망의 눈길"과도 같은 것이다. 시는 피조물인 인간이 이처럼 무의식 세계와 성에 대한 것 등 여러 종류의 본능을 쫓아가며 자신의 "영혼"을 악의 뒤안길에 내려놓을 수도 있는 무서운 비극을 종교적 관점과 정신분석학 관점에서 동시에 조명한다.

시가 본능적 감정과 이를 통제하는 이성적 정신성 사이에서 분열되는 인간 "자아"의 참담한 모습을 죄악에 빠진 "영혼" 문제와 결부시킬 때, 이는 곧 시가 인간의 통일화된 어떤 절대적인 면을 추구한 데에 기인할 수 있다. 이와 같은 의미적인 면에서 시는 부분적으로 상징주의와 그 맥을 같이 하는 듯하다. 반면에, 언어가 압축되어 있고 구두점도 많이 생략되어 있기 때문에 시는 형식 면에서 초현실주의를 다소 상기시키기도 한다.

작가 약력:

1887년, 아라스에서 출생.

1909년, 파리에 옴.

1914~1918년, 위생병으로 제1차 세계대전에 참전.

1922년, 정신분석가 블랑슈 로베르숑과 결혼.

1924년, 가톨릭교로 개종.

1945년, 제2차 세계대전 후 유럽 여행. 작품 활동 계속.

1962년, 프랑스 문학상 수상.

1976년, 사망.

34

고독한 삶 속에서 진실 추구,
피에르 르베르디(1889~1960)

피에르 르베르디Pierre Reverdy는 프랑스 남부지방에 있는 나르본 Narbonne 출신으로 이곳에서 중·고등학교를 마쳤다. 조각하고 글 쓰는 것을 좋아했던 아버지가 1908년 19살짜리 아들을 파리의 몽마르트르Montmartre에 거주시켰다. 인쇄소에서 일하며 시 쓰는 것이 이때 그의 유일한 기쁨이었다. 제1차 세계대전 후 1917년 그는 전위적인 입체파 예술가가 되어 아폴리네르Apollinaire, 막스 자코브 Max Jacob와 함께 전위적인 잡지 『남북 *Nord-Sud*』을 창간했다. 그가 전위 화가들 브라크Braque와 피카소Picasso, 마티스Matisse와 교류했고 여러 초현실주의자로부터 높은 평가를 받은 것도 그의 이러한 활동을 부추겼다고 볼 수 있다. 그런데 그는 초현실주의 운동에서 물러나 1926년 솔렘Solesmes 수도원으로 들어가 버렸다. 이곳에서의 그의 생활은 현실을 떠나 진실을 추구하기 위해 명상하며 시를 쓰는 것이 전부였다. 수도승이 된 것은 아니지만 죽을 때까지 그곳이 그의 삶의 장소였다.

1907년 어린 나이에 노동자들의 폭동을 직접 목격한 이후로 르베르디는 사회를 부정적인 시각으로 보게 되었다고 하는데 그래서

인지 그의 작품들은 대부분 어두운 분위기로 일관된다.『산문시집
Poèmes en prose』(1915)을 필두로 해서 그 이후에 나온『타원형 천창
La Lucarne ovale』(1916),『지붕의 청석돌판 *Les Ardoises du toit*』(1918),
『하늘의 표류물 *Les Épaves du ciel*』(1924),『바람의 원천 *Sources du vent*』
(1929),『대부분의 시간 *Plupart du temps*』(1945),『인력 *Main d'oeuvre*』
(1949),『고철 *Ferraille*』(1937),『죽은 자들의 노래 *Le Chant des morts*』
(1948) 등이 그의 대표시집들이다. 삶과 예술에 대한 사색집으로
『말총 장갑 *Le Gant de crin*』(1927)과『나의 항해 일지 *Le Livre de mon
bord*』(1948)가 있다.

시 한 편을 보면 다음과 같다.

La porte qui ne s'ouvre pas
La main qui passe
Au loin un verre qui se casse
La lampe fume
Les étincelles qui s'allument
Le ciel est plus noir
Sur les toits

Quelques animaux
Sans leur ombre
Un regard
Une tache sombre

La maison où l'on n'entre pas

('Nomade', *Les Ardoises du toit*)

열리지 않는 문
스쳐 지나가는 손
　　　　멀리서 깨어지는 유리
램프 연기가 피어오른다
빛나는 불꽃 섬광들
　　　지붕 위 하늘은
　　　더욱 흐리다

그들의 그림자도 없는
몇 마리 동물들
　　　　시선
　　　거무튀튀한 얼룩

사람이 들어가지 않는 집

(「유목민」, 『지붕의 청석돌판』)

　　르베르디의 시는 흔히 슬픔과 고독, 번민, 허무 등을 표현해 일종의 실존주의적 주제나 앙드레 뒤 부셰André du Bouchet풍의 주제를 30년 정도 앞서 예고함으로써 프랑스 현대시의 신세대를 태어나게 한 선봉으로 알려져 있다. 그런 만큼 위의 시도 "문", "램프 연기", "하늘", "동물", "집" 등의 생물체나 사물을 물질 그대로 객관적으로 표현하기보다는 이들 뒤에서 침묵히고 있는 무엇인가 숨겨져 있는 어떤 순수한 현상들의 실체를, 본질을 파악하려 한다. 지금 바로 앞에서 "열리지 않는 문"과 "멀리서" 들려오는 "유리 깨지는 소리" 그리고 "불꽃"과 "흐린 하늘" 등 가까운 현실과 먼 현실 또는 밝음과 어둠의 반대 현상들을 접근시키며 시는 순수하고도 강력한 어떤 정신적 산물을 창조해내려 한다.

구두점이 전혀 없어 초현실주의 시풍을 상기시키기도 하고 또 시행들의 배치 형식을 통해 입체파 그림을 연상시키기도 하면서 시는 정처 없이 흘러가는 "유목민"의 삶을 일시적인 인상으로 하얀 종이 위에 고정시킨다. 남프랑스의 들판과 바닷가를 뛰어다니며 행복하게 지냈던 어린 시절을 뒤로 하고 이제 성인이 된 후 파리의 질식시키는 듯한 정착 불능의 도시생활을 견디어야만 하는 어쩌면 바로 고독한 시인 자신일 수 있는 시 주체의 나지막한 서정적인 푸념이 현대인들의 그러한 불편한 삶의 조건을 알린다.

작가 약력:

1889년, 프랑스 남부 나르본에서 태어남.
1907년, 노동자들의 폭동 목격.
1908년, 파리의 몽마르트르 동네에 정착.
　　　　인쇄소 교정공으로 일하며 시를 쓰기 시작.
1917년, 전위잡지 『남북』 창간.
1926년, 솔렘 수도원에 들어가 글쓰기 계속.
1960년, 솔렘 수도원에서 사망.

35
사랑과 자유, 평화,
폴 엘뤼아르(1895~1952)

　폴 엘뤼아르Paul Éluard는 파리 북쪽의 근교 생 드니Saint-Denis의 한 중산층 가정에서 태어나 경제생활에 어려움은 없었으나 몸이 약해 학교를 충분히 다니지 못했다. 1911년경에는 스위스의 한 요양원에까지 갈 정도로 건강이 좋지 못했다. 그런데 엘뤼아르는 바로 이곳에서 여러 시인의 작품들을 읽으며 자신의 시작활동을 시작할 수 있었고 또 1916년에 결혼하게 될 러시아 소녀 갈라Gala를 만날 수도 있었다.

　1914년에 제1차 세계대전이 일어나자 그는 요양원에서 나와 곧바로 참전하기도 했고 전쟁 후에는 다다운동(dadaïsme)도 벌였다. 1920년경부터 그는 또한 앙드레 브르통André Breton과 루이 아라공 Louis Aragon과 함께 초현실주의 운동에도 깊이 관여했다. 그러나 그의 이 문학운동은 1936년경에 종결되고 이후로는 좌익진영에서의 정치투쟁의 삶이 그에게 주어졌다. 1940년에 시작된 제2차 세계대전 중에 그는 조국 프랑스의 해방을 위해 항독운동에 참여했고 전쟁이 끝난 후에는 세계 각국에서 강연을 하며 인간의 자유와 사랑을 외쳤다. 협심증으로 갑자기 세상을 떠날 때까지 세계 평화에 대한 그의 신념은 굳건히 지켜졌다.

1936년 이전에 쓰인 시 작품들은 거의 초현실주의 문학의 특징을 지니고 있고 그 이후의 작품들은 주로 정치참여에 관한 주제들로 되어있다. 그러면서도 작품들 전체는 사랑과 자유, 평화에 대한 테마를 기본으로 지닌다. 『고통의 수도 *Capitale de la douleur*』(1926), 『사랑, 시 *L'Amour, la Poésie*』(1929), 『직접적인 삶 *La Vie immédiate*』(1932), 『풍요로운 시선 *Les Yeux fertiles*』(1936) 등은 초현실주의적인 시풍을 보여주면서도 아내에 대한 사랑을 상기시키고, 『전쟁 중 일곱 편의 사랑의 시 *Les Sept poèmes d'Amour en Guerre*』(1943)는 전쟁과 사랑의 테마를 동시에 보여준다. 반면에 『불사조 *Le Phénix*』(1951)는 순전히 아내에 대한 사랑을 그리고 있다. 그리고 『시와 진실 *La Poésie et la Vérité*』(1942), 『독일군과 만나는 곳에서 *Au rendez-vous Allemand*』(1945)는 프랑스의 자유를 위해 그가 항독투쟁을 하며 쓴 작품들이다. 『정치시편 *Poèmes politiques*』(1948), 『도덕적 교훈 *Une leçon de morale*』(1950), 『모든 이를 위한 시 *Poèmes pour tous*』(1952)는 거의 정치참여에 관한 작품들이라 볼 수 있다.

그의 시편들 중 특히 사랑에 관한 것을 하나 본다.

Il y a sur la plage quelques flaques d'eau
Il y a dans les bois des arbres fous d'oiseaux
La neige fond dans la montagne
Les branches des pommiers brillent de tant de fleurs
Que le pâle soleil recule

C'est par un soir d'hiver dans un monde très dur

Que je vis ce printemps près de toi l'innocente

Il n'y a pas de nuit pour nous

Rien de ce qui périt n'a de prise sur toi

Et tu ne veux pas avoir froid

Notre printemps est un printemps qui a raison.

('Printemps', Le Phénix)

해변에는 물웅덩이 몇 개 있고

숲 속에는 새들로 몹시 즐거운 나무들이 있다

눈은 산에서 녹고 있고

창백한 햇살에 의해 뒤로 주춤하는

수많은 꽃들로 사과나무 가지들이 빛을 발한다

몹시도 거친 세상에서 겨울밤을 보낸 터

나는 순수한 여인 그대 곁에서 이 봄을 보낸다

우리에겐 어둠은 없다

사라지는 그 어느 것도 그대에게 힘이 없고

그대는 추위를 느끼고 싶어 하지 않는다

우리의 봄은 충분한 이유 있는 봄이다.

(「봄」, 『불사조』)

위의 시는 엘뤼아르가 1949년 멕시코 평화회의에 참가한 기간 동안에 만난 도미니크Dominique와 1951년에 재혼한 후 쓴 것이다. 사실 그는 화가 살바도르 달리Salvador Dali의 여인이 될 첫 번째 부인 갈라와 헤어진 후 1929년부터 알게 된 마리아 벤즈Maria Benz

(또는 뉘슈Nush)와 1934년에 재혼을 했는데 1946년에 그녀와 사별을 하고 말았다. 그 후 그는 도미니크를 만난 것이다. 그의 생애를 함께 한 세 명의 여인 모두에게 그는 진실한 사랑을 바쳤고 그래서 사랑에 관한 아름다운 시를 썼다. 위의 시는 그가 생을 떠나기 1년 전, 즉 1951년에 쓰인 것으로 그의 마지막 사랑의 시라고 할 수 있다. 아주 단순한 용어들과 문장으로 구성되면서도 시는 사랑하는 두 남녀의 정신적 교감을 충분히 조화롭게 표현한다. 사랑의 꿈이 현실 속에서 실현됨에 따라 시의 주체는 "숲", "새", "사과나무", "꽃" 등 자연과도 합일하며 영혼의 환희를 노래한다.

작가 약력:

1895년, 파리 교외 생 드니에서 출생.
1911년경, 결핵 치료차 스위스의 한 요양원에 감. 러시아 처녀 갈라를 만남.
1914년, 제1차 세계대전에 참전.
1916년, 갈라와 결혼.
1920년경, 브르통 등과 함께 초현실주의 운동에 참여.
1929년, 뉘슈라는 여인을 만남.
1931년, 갈라와 이혼.
1934년, 뉘슈와 재혼.
1936년경, 초현실주의 운동 참여에 종지부를 찍음. 이 무렵부터 좌파계열에서
          정치투쟁을 함.
1940년경, 항독운동에 참여. 이후 세계 각국에 다니며 강연.
1946년, 뉘슈와 사별.
1949년, 멕시코 평화회의에 참석.
1951년, 1949년에 만난 도미니크와 재혼.
1952년, 협심증으로 사망.

36
좌파정치 옹호 그리고 서정적 감성,
루이 아라공(1897~1982)

　루이 아라공Louis Aragon은 1897년 10월 3일 파리 교외의 뇌이 쉬르 센Neuilly-sur-Seine에서 평범하지 못한 부모로부터 태어났다. 아버지가 그를 자신의 아들로 인정하지 않았고 또 어머니도 그가 20세 될 때까지 그의 누나처럼 행세를 했던 것이다. 그러나 그는 정상적으로 교육을 받을 수 있어서 의학을 공부했다.

　제1차 세계대전이 일어나자 그는 참전했고 이때 발 드 그라스 Val-de-Grâce 병원에서 브르통André Breton을 만났다. 평소에 다다 운동에 많은 관심을 가졌던 그는 전쟁 후 초현실주의 운동에 적극 참여해 1919년 브르통, 필립 수포Philippe Soupault와 함께 초현실주의 잡지 『문학 *Littérature*』을 창간했다. 그는 또한 '위마니테 *L'Humanité*'의 신문기자로도 잠시 일했고, 1927년 프랑스 공산당에 가입해서 공산당 일간지 '스 수와르 *Ce soir*'의 공동 편집장까지 지냈다. 1928년 은 그에게 아주 중요한 해였다. 이해에 소련 시인 마야코프스키 Maïakovski가 그의 처제 엘자 트리올레Elsa Triolet를 그에게 소개해 그녀는 그가 일생에 영원히 절대적인 사랑을 바쳤던 아내가 되었기 때문이다. 1930년 그는 엘자와 함께 국제작가학회에 참석해 초현실주의를 비난하는 소련 공산주의에 푹 빠지게 되었고 이를 계기로 초현실주의를 떠났다. 이 이탈은 환상적 방법으로 자동기술과 꿈 분석을 실행하는 초현실주의 문학이 이미 아라공의 마음에서 멀어 지고 있었기 때문이기도 했다. 그 후 제2차 세계대전 동안 그는 레 지스탕스Résistance에 참여해 독일군에게 고통당하는 조국 프랑스를 위해 정치에 적극 관여했다. 물론 생애가 끝날 때까지 공산당원으 로 계속 활동했다.

아라공의 작품들은 그 자신의 삶을 반영하듯 한편으로는 부인 엘 자에 대한 무한한 사랑을 노래하고, 다른 한편으로는 전쟁의 상처 로 좌절 속에 빠진 프랑스 국민을 위로한다. 때로는 아내에 대한 사 랑이 조국에 대한 사랑과 중복되어 상징적으로 표현되는 경우도 있 다. 시와 소설, 평론의 형식 속에서 이와 같은 내용들이 표출된다. 시집으로 『환희의 불 *Feu de joie*』(1920), 『영구 운동 *Le Mouvement perpétuel*』(1926), 『단장의 아픔 *Le Crève-Coeur*』(1941), 『엘자의 눈 *Les Yeux d'Elsa*』(1942), 『엘자에게 주는 찬가 *Le Cantique à Elsa*』(1942), 『브로셀리앙드, 그레뱅 박물관 *Brocéliande, Le Musée Grévin*』(1943), 『프 랑스의 기상나팔 *La Diane française*』(1945), 『미완성 소설 *Roman inachevé*』(1956), 『침실 *Chambres*』(1969) 등이 있다. 산문소설로 『아니 세 *Anicet*』(1921)와 『파리의 농부 *Le Paysan de Paris*』(1926) 그리고 역사소설로 『성 주일 *La Semaine sainte*』(1958)이 있고, 평론으로 『문 체론 *Traité du style*』(1928)이 있다.

시집들 중 『영구 운동』에 수록된 시 한 편을 소개한다.

Les fruits à la saveur de sable

Les oiseaux qui n'ont pas de nom

Les chevaux peints comme un pennon

Et l'Amour nu mais incassable

Soumis à l'unique canon

De cet esprit changeant qui sable

Aux quinquets d'un temps haïssable

Le champagne clair du canon

Chantent deux mots Panégyrique

Du beau ravisseur de secrets

Que répète l'écho lyrique

Sur la tombe Mille regrets

Où dort dans un tuf mercenaire

Mon sade Orphée Apollinaire

('Un air embaumé', Le Mouvement perpetuel)

모래밭에서 맛있게 익은 과실들

무어라 형용할 수 없는 아름다운 새들

기사의 삼각기처럼 생생하게 표현된 기병

그리고 꾸밈없지만 부서지지 않는 절대의 사랑이

고약한 날씨에 켕케식 등잔 빛 아래서

연한 미사용 샴페인을

마시는 그 변하기 쉬운 마음으로

유일한 경전에 순종하며

서정적인 메아리로 울려 퍼지는
은밀한 아름다운 납치범에 대한
짧은 찬양의 말을 올린다

나의 사드 오르페우스 아폴리네르가
돈에 팔려 온 응회암 속에 잠들어 있는
몹시 그리운 사람 그의 무덤에서

(「향기로운 대기」, 『영구 운동』)

아라공의 시는 대부분 엘자에 대한 사랑이라든가 또는 볼셰비키 혁명에 대한 노래, 전쟁과 항독운동의 주제 등에 영감의 원천을 두고 있는데, 위의 시는 그의 다른 작품들과 조금 다르게 시인 본인과 함께 전위적인 시 운동에 참여했던 아폴리네르를 깊이 그리워하는 내용으로 되어 있다. 시가 보여주는 이러한 서정성은 프랑스 낭만파의 기수였던 샤토브리앙Chateaubriand이나 위고Victor Hugo의 낭만적 감성과 다소 통하는 점이 있는 듯하다.

그런데 1연에서 명사 문장들의 열거라든가 또 시 전체에서 구두점이 전혀 없는 점 등은 시가 의미적인 내용에서뿐만 아니라 형식을 통해서도 이미 이러한 유형의 시를 썼던 아폴리네르를 상기시키고 있다. 그리고 14행의 전형적인 소네트sonnet(4+4+3+3) 형식에 따라 각 행을 8음절씩으로 일치시키고 또 각운도 일치시키는 등 거의 정형시 형식을 취하고 있음은 시가 프랑스 민족만이 지니는 고유한 숨결의 서정적 리듬을 타고 있기 때문일 것이다. 아라공의 시는 흔히 중세의 남프랑스 음유시인들의 시에서처럼 대중에게 쉽게 다가갈 수 있는 단순한 언어에 쉬운 운율을 사용하고 있어 1950년대 말 리노 레오나르디Lino Léonardi와 장 페라Jean Ferrat 그리고 레오 페레Léo Ferré에 의해 노래되기도 했는데 위의 시도 바로 이처럼 샹송화될 가능성을 충분히 내포하고 있다 하겠다.

작가 약력:

1897년, 10월 3일 파리 근교 뇌이 쉬르 센에서 태어남. 청년기에 의학을 공부함.

1918년, 6월 무공훈장 받음.

1919년, 앙드레 브르통 등과 함께 초현실주의 잡지 『문학』 창간.

1925년, 초현실주의를 혁명운동으로 끌고 가려함.

1927년, 프랑스 공산당에 가입. 공산당 일간지 '스 수와르' 공동 편집장 역임.

1928년, 영원한 그의 여인이 될 엘자 트리올레를 만남.

1930년, 하리코프(옛 소련 땅)에서 열린 국제작가학회에 참석. 초현실주의를 비난하는 소련 공산주의에 깊이 빠짐. 초현실주의 운동의 주동자 브르통과 결별.

1939~1945년, 제2차 세계대전 중 레지스탕스에 참여.

1950년대, 레오 페레 등이 그의 시를 샹송으로 만듦.

1970년, 엘자 사망.

1982년, 프랑스 공산당원 소속으로 사망.

37
현대인의 적의에 찬 생존조건 고민,
앙리 미쇼(1899~1984)

앙리 미쇼Henri Michaux는 벨기에의 한 도시 나뮈르Namur에서 태어난 원래 벨기에 사람이다. 1955년에 정식으로 프랑스인이 되었기 때문에 그의 학업은 벨기에 수도 브뤼셀Bruxelles에서 이루어졌다. 그는 20대 초반부터 새로운 세계를 찾아 남미와 인도, 중국 등지로 여행을 했고 신비로운 종교와 음악, 그림에 많은 관심을 가졌었다. 그는 특히 1924년에 홀로 파리에 와서 파울 클레Paul Klee와 살바도르 달리Salvador Dali, 그리고 조르조 데 키리코Giorgio de Chirico 등 초현실주의 화가들을 만나며 예술에 대한 높은 시각을 키웠고 본인이 직접 무엇인가를 데생하고 그리기도 했다. 그와 동시에 그는 시도 썼다. 그의 시가 프랑스 등 유럽과 세계 각국에 알려지게 된 것은 제2차 세계대전 중에 알게 된 앙드레 지드André Gide가 그의 시를 높이 평가한 이후, 그러니까 대략 1940년 이후부터라고 할 수 있다.

그의 시 작품들은 대부분 늘 어떤 강박관념 속에 살면서 자아를 인식하려는 현대인의 심리상태를 실험정신에 입각하여 파헤치려 한다. 『과거의 나 *Qui je fus*』(1927)와 『나의 속성 *Mes Propriétés*』

(1929)은 자아가 분열되는 시인 자신의 존재상황을 분석하는 대표 시집들이다. "플륌"이라는 한 부조리한 인물을 통해 부서지기 쉬운 현대인을 보여주는『플륌 *Plume*』(1938)도 주목할 만한 작품이다. 그가 여행하면서 본 각 나라의 풍습 등을 표현한『에콰도르 *Écuador*』(1929),『아시아의 한 야만인 *Un Barbare en Asie*』(1932)도 그의 다른 작품들 경향과 크게 다르지 않다. 그리고 그는 1956년부터 인간의 의식과 무의식 세계를 파악하기 위해 의도적으로 마약을 복용하며 환각상태에 빠져보기도 했는데『밤이 동요하고 *La Nuit remue*』(1934),『푸닥거리 *Exorcismes*』(1946),『혼란스러운 무한 *L'Infini turbulent*』(1957) 등은 바로 그러한 환상의 정신 상태를 표현한 작품들이다. 이 밖에도 정신세계에 대한 상상의 여행을 그린『내면의 먼 곳 *Lointain Intérieur*』(1938),『내면의 공간 *L'Espace du dedans*』(1944),『다른 곳에 *Ailleurs*』(1948)가 있다.『바람과 먼지 *Vents et Poussières*』(1962)도 빼놓을 수 없는 그의 유명한 작품들 중 하나다.

그의 시를 소개한다.

Dans la nuit
Dans la nuit
Je me suis uni à la nuit
À la nuit sans limites
À la nuit.
Mienne, belle, mienne.
Nuit
Nuit de naissance
Qui m'emplit de mon cri

De mes épis.

Toi qui m'envahis

Qui fait houle houle

Qui fait houle tout autour

Et fumes, es fort dense

Et mugis

Es la nuit.

Nuit qui gît, nuit implacable.

Et sa fanfare, et sa plage

Sa plage en haut, sa plage partout,

Sa plage boit, son poids est roi, et tout ploie sous lui

Sous lui, sous plus ténu qu'un fil

Sous la nuit

La Nuit.

('Dans la nuit', Lointain Intérieur)

밤에

밤에

나는 결혼했다 밤과

끝없는 밤과

밤과.

나의 밤이여, 아름다운 이, 나의 밤.

밤이여

이삭들을 뒤집어쓰고

내가 몹시도 크게 외쳐댔던

탄생의 밤이여.

큰 파도를 큰 파도를 만드는 자

주위 온 사방에 큰 파도처럼 넘실거리는 자

바로 그대 나 사로잡고
연기 내며 피어올라, 그대 아주 칠흑같이 짙고
노호하니
그대는 밤.
길게 누워 있는 밤이여, 가혹한 밤이여.
그리고 그의 화려한 군악 그리고 그의 해변
높은 곳에 그의 해변, 사방에 그의 해변,
그의 해변이 마시니 그 무게가 제일인자, 모두가 굴복한다 그 밑에
그 밑에, 실보다 더 가느다란 그 밑에
밤
바로 그 밤 밑에.

(「밤에」, 『내면의 먼 곳』)

그의 시 작품들이 흔히 그렇듯이, 위의 시도 세계와 사회와 대처해야 하지만 곧바로 무력감에 빠져 그에 "굴복"해버리는 미약한 현대인의 존재문제를 생각하게 한다. 시 주체는 자신 내면의 강렬한 움직임을 따라가며, 세상의 적대적인 힘 속에서 살 수밖에 없는 현대인의 부조리한 힘겨운 삶에 보다 강력히 항의하려는 듯 불규칙적이고 간헐적인 언어리듬 속에서 오히려 표현을 절약한다. 이때 시는 인간 내면의 심리상태를 압박하며 존재로서 누려야 할 행복한 삶을 방해하는, "밤"으로 상징되는 그러한 저주받을 요인들을 제거해야만 하는 일종의 마귀 쫓는 주문이 될 수도 있다. "밤nuit", "큰 파도houle", "그의sa", "해변plage", "밑에sous" 등과 같은 어휘들의 반복은 시의 주술적 효과를 배가시킨다. 이와 같은 문체적 특성들로 해서 시는 감성적이면서도 환상적인 분위기를 쏟아낸다. 그래도 시의 이러한 경향들은 그의 다른 작품들에 비해 덜 파격적이라 할

수 있다. 다른 작품들에서는 사전 속에 정돈된 말의 질서정연한 체계를 부수면서 비논리적이고 역설적인 면을 만드는 초현실주의적인 경향도 나타나기 때문이다.

작가 약력:

1899년, 벨기에의 나뮈르에서 출생. 브뤼셀에서 교육받음.
1919년, 선원이 되어 세계 각지를 다님.
1924년, 파리에 정착. 막스 에른스트 등 초현실주의 화가들과 교류.
1927~1929년, 세계 여행. 이후 작품 활동에 열중.
1955년, 프랑스 국적 취득.
1956년, 인간의 정신세계 파악 위해 마약 복용.
1984년, 파리에서 사망.

38
"옵죄objeu"에서 "옵주와objoie"로 통과하는 "대상objet" 연구, 프랑시스 퐁주(1899~1988)

프랑시스 퐁주Francis Ponge는 프랑스 남쪽지방에 있는 몽펠리에 Montpellier에서 태어나 아버지의 직장을 따라 캉Caen 등 여러 다른 도시들에서 유년시절을 보냈다. 그는 고교 졸업 후 대학입학 자격 시험을 통과해 소르본Sorbonne 대학교에서 법과 철학을 조금 공부 했고, 구술시험에 낙방하기는 했으나 파리의 고등사범학교에도 응 시해보았다. 파리의 알리앙스 프랑세즈Alliance française 교사로 또 아셰트Hachette 출판사 직원으로 일하기도 했는데 이는 그의 생활 방편일 뿐이었다. 하지만 자신의 임무에 충실한 나머지 그는 1936 년 세제테CGT 노조대표직을 맡은 후 인민전선 파업까지 주도해 1937년 회사로부터 해고 통고를 받기도 했다. 제2차 세계대전 중에 는 독일 점령군에 항거하는 레지스탕스에도 참가하는 등 문학 활동 말고 다른 활동에도 그의 관심은 집중되었다. 그가 시인으로 유명 하게 된 것은 1960년대에 문학 작가이고 이론가인 필립 솔레르스 Philippe Sollers가 이끌었던 잡지 『텔켈 *Tel quel*』이 그의 예사롭지 않은 언어 사용에 관심을 보일 때부터였다. 마침내 1984년 그는 시 부문에서 아카데미 프랑세즈가 주는 대상을 받았다.

퐁주는 고교시절 라틴어를 배우며 어원학에 많은 관심을 가졌었
는데 시를 쓰게 되자 16세기와 17세기에 걸쳐 생존했던 시인 말레
르브Malherbe처럼 아주 적합한 말을 사용하고 싶어 했다. 주로 산문
형식으로 되어 있는 다음의 시 작품들이 시인의 바로 그러한 의지
를 보여준다. 『사물의 편 *Le Parti pris des choses*』(1942)은 그 당시 세
간의 주목을 많이 받았었고 지금도 많이 받고 있는 그의 대표작이다.
이 외에 그의 첫 작품들 모음집인 『열두 편의 소품 *Douze Petits Écrits*』
(1926)이 있고, 『프로엠 *Proèmes*』(1948), 『표현의 열정 *La Rage d'Expression*』
(1952), 『대 시집 *Le Grand Recueil*』(1962), 『비누 *Le Savon*』(1967), 『신시
집 *Nouveau Recueil*』(1967) 등이 있다.

그의 시 세계의 전형적인 특징을 상기시키는 글을 본다.

Le rapport de l'homme à l'objet n'est du tout seulement de
possession ou d'usage. Non, ce serait trop simple. C'est bien pire.

Les objets sont en dehors de l'âme, bien sûr; pourtant, ils sont
aussi notre plomb dans la tête.

Il s'agit d'un rapport à l'accusatif.

*

L'homme est un drôle de corps, qui n'a pas son centre de
gravité en lui-même.

Notre âme est transitive. Il lui faut un objet, qui l'affecte, comme
son complément direct, aussitôt.

Il s'agit du rapport le plus grave (non du tout de *l'avoir*, mais
de *l'être*).

L'artiste, plus que tout autre homme, en reçoit la charge, accuse le coup.

('L'objet, c'est la poétique', Nouveau recueil)

인간의 대상에의 관계는 소유나 사용만의 관계가 전혀 아니다.
아니다. 그것은 너무도 단순하리라. 그것은 아주 나쁘다.
물론 대상들은 영혼의 밖에 있다. 그렇지만 대상들은 또한 머
릿속 우리의 추다.
문제는 대격에의 관계다.

*

인간은 희한한 몸으로 되어 있다. 그 자신 속에 무게중심이 없으니.
우리의 영혼은 타동적이다. 영혼은 그 자신의 직접 보완물로
즉각 그에게 영향을 미치는 대상을 필요로 한다.
('소유'가 전혀 아닌 '존재'의) 가장 심각한 관계가 문제된다.
예술가는 아주 뛰어난 어떤 사람보다 더 그 짐을 받아들이고
충격을 드러내 보인다.

(「대상, 그건 시학이다」, 『신시집』)

풍주는 기존의 문단 경향과 아주 다른 새로운 시각으로 오직 말
에 의해 감각적인 현실세계를 보다 풍요롭게 하는 시를 쓰고자 했
다. 시 언어가 그것을 지칭하는 바로 그 이름에 의해 대상물은 작동
될 수 있는("옵죄objeu") 상태가 되고, 이 상태는 텍스트의 '향락'이
있게 되는("옵주와objoie") 상태에까지 이르러야 "대상물objet"이 그
실체를 온전히 드러낼 수 있다는 생각으로 그는 시를 쓰는 것이다.
조약돌이든 나비든 비누든 어떤 단순한 "대상물"이라도 그것을 깊
고 섬세하게 관찰해서 사물 그것만의 특수성을 명확하고 밀도 있게
드러내는 것이 그의 시작 활동의 목표다. 위의 작품은 시인의 바로

그와 같은 "대상"이론의 근간을 보여준다. 사물을 인간의 주관적인 감성이나 선입견으로 파악하지 말고 오로지 "인간 영혼과의 관계"에서만 보아야 함을 시는 말하고 있다. 사물은 수사적 표현법과 기교에 따른 시적 효과에 의해 표현되어서는 안 되고 오직 "영혼"의 객관적인 눈으로만 보이는 그 자체로 정의되고 동시에 표현되어야 한다는 뜻이다.

그처럼 퐁주의 시는 서정적이지도 상징적이지도 않고 오직 극도의 객관주의적 입장에서 물질세계를 그리며, 시인 본인이 이미 말했듯이, "아주 보잘것없는 죽은 자연물에서도 형이상학을 끌어내려 La moindre nature morte est un paysage métaphysique" 한다. 그의 시는 그래서, 사르트르Jean-Paul Sartre의 말을 빌리면, "자연의 현상학"을 정립하는 데 있다.

작가 약력:

1899년, 3월 27일 몽펠리에에서 태어남. 이후 캉으로 가족 이사 옴.

1918년경, 소르본 대학교에서 법과 철학 공부 시도. 이 무렵 문학, 특히 말레르브의 시에 관심을 둠.

1923년, 아버지의 죽음으로 심한 정신적 충격을 받음. 이후 파리 알리앙스 프랑세즈의 교사가 됨.

1931년, 아셰트 출판사 근무. 결혼.

1936년, 세제테 노조대표직 수행. 공산당원으로 인민전선 파업 주도.

1937년, 회사에서 해고당함.

1939~1945년, 제2차 세계대전 중 레지스탕스에 참여. 이후 저술 활동 계속.

1959년, 레지옹 도뇌르 훈장을 받음.

1984년, 아카데미 프랑세즈가 시 부문 대상 수여.

1988년, 8월 6일 사망.

39
지식인에 대한 경고,
자크 프레베르(1900~1977)

　자크 프레베르Jacques Prévert는 파리 바로 근처 교외지역인 뇌이쉬르 센Neuilly-sur-Seine에서 태어나 초등학교를 마친 후 15살 때부터 파리 7구에 있는 세계 최초의 백화점 봉 마르셰Bon Marché에서 일했다. 그는 1918년 군에 입대하여 중동지방에서 군 복무를 마친 후 1925년경 이브 탕기Yves Tanguy와 함께 초현실주의 운동에도 참가했다. 하지만 그는 교권 개입을 반대하는 무정부주의자가 되어 1929년 이 운동의 선봉자 앙드레 브르통André Breton과 결별했다. 1948년에 큰 사고를 당해 1955년까지 그의 생활은 생 폴 드 방스 Saint-Paul-de Vence에서 이루어졌고, 이후 1977년 4월 12일 오랜 병으로 사망할 때까지는 파리가 그의 활동무대였다.

　프레베르는 이브 몽탕Yves Montand이 부른 『낙엽 *Feuilles mortes*』과 『바르바라 *Barbara*』에 직접 작사를 했고, 또 마르셀 카르네Marcel Carnet와 함께 『천국의 아이들 *Les Enfants du paradis*』(1945), 『안개 낀 부두 *Quai des brumes*』(1938) 등의 영화도 만들어서 한국에 많이 알려져 있는 작가다. 그의 시 작품들은 비시Vichy 정부에 의해 금지된 적도 있었지만 그 후 전 세계 대중의 호응을 가장 많이 받고 있

는 것으로도 유명하다. 여러 잡지(N.R.F 등)에 발표되었거나 또는
친구들에게 써주었던 작품들을 모아놓은『말 *Paroles*』(1946)이 그의
대표시집이라 할 수 있고,『구경거리 *Spectacle*』(1951),『비와 좋은 날
씨 *La Pluie et le beau temps*』(1955),『잡동사니 *Fatras*』(1965)도 그에게
서 빼놓을 수 없는 주요 시집들이다.

시 한 편을 본다.

Il ne faut pas laisser les intellectuels jouer avec les
allumettes
Parce que Messieurs quand on le laisse seul
Le monde mental Messssieurs
N'est pas du tout brillant
Et sitôt qu'il est seul
Travaille arbitrairement
S'érigeant pour soi-même
Et soi-disant généreusement en l'honneur des travailleurs
du bâtiment
Un auto-monument
Répétons-le Messsssssieurs
Quand on le laisse seul
Le monde mental
Ment
Monumentalement.

('Il ne faut pas……', *Paroles*)

지식인들이 성냥불로 장난하며 놀도록 내버려두어서는
안 되지요

여러분 우리가 지식인을 홀로 버려두면
정신세계가 여러 여러분
전혀 빛이 나지 않기 때문입니다
그리고 그는 혼자 있게 되는 즉시
건축
노동자들에 이른바 후하게 예우를 다하여
자기 자신을 위해 기념비를 건립하며
자기 건축물을
제멋대로 손질하지요
여러 여러 여러분 다시 말씀드립니다
우리가 그를 홀로 버려두면
정신세계는
기념될 만하게
거짓말을 하게 됩니다.

(「⋯⋯ 안 되지요」, 『말』)

이 시는 프레베르가 영화인으로서도 많은 활약을 했기 때문에 영화적인 수법을 상기시키는 듯하고 또 초현실주의적인 요소도 보여주는 듯하다. 실제로 초현실주의 시에서 흔히 볼 수 있듯이 시행들이 특이하게 배치되어 있고 구두점이 마지막 행에만 있으며 그리고 어느 거리에서 또는 어느 신문지상에서 볼 수 있는 친근한 말투의 의견 제시 형식으로 시가 꾸며져 있다. 게다가 "여러 여러 여러분 Messssssieurs"이라는 낱말에서 자음 [s]의 반복은 마치 영화 장면에서 여러 인물이 중첩되어 나타나는 듯한 인상을 준다. 이러한 특징을 보여주며 시는 사회의 잘못된 기류에 편승해서 자신이 소유하고 있는 정보나 지식 등을 자신만의 이익을 위해 사용하는, 그래서 즉

각적인 행복만을 찾아가며 인간의 진정한 자유를 제대로 누리지 못하는 정치가나 기업가 등 현대의 모든 "지식인"의 삶의 방식을 경고한다.

그의 시 작품들은 흔히 진실한 우정과 사랑, 자유와 행복 등을 일상생활에서 찾아내는 소박한 기쁨을 노래하는데, 이와 같은 아주 대중적인 서정적 주제들에 조제프 코스마Joseph Kosma가 음악을 붙이기도 했다. 위의 시는 바로 이러한 점들로 특징지어지는 시집 『말』 속에 수록되어 있다.

작가 약력:

1900년, 2월 4일 파리 근교 뇌이 쉬르 센에서 출생. 초등학교 졸업.

1915년, 파리의 한 백화점 봉 마르셰에 취직.

1918년, 군에 입대.

1925년, 마르셀 뒤아멜과 이브 탕기와 함께 초현실주의 운동에 참가.

1929년, 초현실주의 운동 주창자 브르통을 떠남.

1932~1936년, 극단 '10월'을 위해 집필. 이 무렵부터 다수의 영화 시나리오 집필.

1946년, 대표시집 『말』 출간.

1948~1955년, 생 폴 드 방스에서 활동. 이후에는 파리에서 활약.

1977년, 4월 12일 숙환으로 사망.

40
인간 사랑과 사회 참여, 르네 샤르(1907~1988)

르네 샤르René Char는 프로방스Provence 지방 보클뤼즈Vaucluse 도의 일 쉬르 라 소르그Isle-sur-la-Sorgue에서 막내아들로 태어나 거의 이곳에서 유년기를 보냈다. 1925년 마르세유Marseille 상업학교 École de Commerce에 다닐 때 샤를 보들레르Charles Baudelaire와 제라르 드 네르발Gérard de Nerval 등 여러 시인의 작품들이 그에게 깊은 인상을 주었다. 1927년 님Nîmes에서 군 복무를 한 후 1930년 그는 폴 엘뤼아르Paul Éluard의 소개로 앙드레 브르통André Breton을 만나 초현실주의 운동의 선봉자 역할을 했고 이때 초현실주의 잡지『혁명을 위한 초현실주의 *Le Surréalisme au service de la révolution*』창간에도 참여했다. 그는 사회문제에도 관심이 많아 제2차 세계대전 동안 남프랑스 지방의 무장 항독지하단체를 지휘하기도 했다. 전쟁 후에는 화가 브라크Braque와 소설가 알베르 카뮈Albert Camus 그리고 독일 철학자 하이데거Heidegger의 작품들과 사상이 그를 매료시켰다.

현대 프랑스 시 정립에 크게 영향을 준 그의 시 작품들은 많다. 엘뤼아르가 주목한 시집『병기창 *Arsenal*』(1929)이 있고, 샤르가 초현실주의자들과 활동할 때 집필되어 초현실주의적 요소들이 많이 나타나는 초기 작품 모음집『주인 없는 망치 *Le Marteau sans maître*』(1934)가 있다. 스페인 전쟁 때 학살된 아이들에게 바쳐지는『초등학생들의 길을 위한 게시문 *Placard pour un chemin des écoliers*』(1937), 제2차 세계대전 중 항독운동을 지휘한 시인 본인의 체험담을 상기시키는 것으로 카뮈에게 헌정된『입노스의 산고 *Feuillets d'Hypnos*』(1946), 소크라테스Socrate 이전 철학에 바탕을 둔『가루가 된 시편 *Le Poème pulvérisé*』(1947) 그리고『분노와 신비 *Fureur et Mystère*』(1948)도 있다. 짧은 시구verset 형식의『군도 형태의 말 *La Parole en archipel*』(1962), 시선집인『공동의 현존 *Commune présence*』(1964)도 그의 주요 작품들이다. 특히 니콜라 드 스탈Nicolas de Staël 등 화가들에 관한『실질적 동맹자 *Alliés substantiels*』가 수록된『기점과 정점 추구 *Recherche de la base et du sommet*』(1955～1971)가 있고, 또 다른 예술가들에 관한『예술의 세계는 용서의 세계가 아니고 *Le Monde de l'art n'est pas le monde du pardon*』(1974)와『반 고흐의 이웃사람들 *Les Voisinages de Van Gogh*』(1985)도 있다.

다음 시를 본다.

Rue de Sèvres,
Une porte cochère avant le magasin *Le Tournis*,
Midi, et l'été
Sur l'asphalte suspend tous les élans.
Une jeune femme,
La ligne d'ombre de sa jupe nue
Est complice de son corps charmant,

Poursuit un rêve éveillé,

Assise à même la pierre du seuil.

Je la nomme

Liseuse aux douze pavots blancs,

Méridienne,

Encore qu'elle garde les yeux grands ouverts

Et les doigts symétriques.

En feuilletant son livre absent,

Elle demeure, je la perds,

Sans délai, à la rue suivante,

Syllabe d'écho, amante courable.

('Paris sans issue', Recherche de la base et du sommet)

세브르 길,
'르 투르니' 상점 앞 차 드나드는 정문,
정오, 그리고 여름은
아스팔트 도로 위에서 모든 도약을 멈춘다.
한 젊은 여인은
파여진 치마의 희미한 윤곽선이
매혹적인 육체와 은밀히 조화를 이루는데
문지방돌에 그대로 앉아
어떤 백일몽을 좇아간다.
나는 그녀에게 이름 붙인다
열두 송이 하얀 양귀비를 꽂은 독서가라고,
정오의 낮잠 자는 여인네라고,
아직 그녀의 두 눈이 크게 뜨여 있고
그녀의 손가락들이 짝지어 균형을 이루고 있지만.

자신의 부재중인 책을 넘기며
그녀는 지체 없이, 다음 길에

메아리치는 음절로, 잡을 수 있을 만큼 자라난 연인으로
머물러 있고, 나는 그녀를 잃어버린다.
(「출구 없는 파리」, 『기점과 정점 추구』)

위의 시는 어느 "여름 날 정오", "아스팔트 도로"에 뜨거운 햇살이 쏟아지는 모습을 "젊은 여인"의 "매혹적인" 자태에 비유하며 거리 풍경을 인간에 관한 주제로 귀결시킨다. 그리고 순간순간을 포착하려는 듯 생략적이고 함축적인 이미지를 표출시키기 위해 시의 용어들은 아껴 사용되면서 힘을 발산한다. 샤르가 인간을 사랑했기 때문에 시는 인간을 향해 가면서도 제목이 암시하듯 그것이 쓰인 1966년 당시 "파리"의 어떤 어려운 상황을 짐작케 한다. 시 주체인 "나"가 "잃어버릴" 수밖에 없는 것은 어쩌면 "파리"일 수 있고 그리고 "파리"의 이러한 모습 표현은 바로 인간의 자유와 정의 등 보편적인 가치 실현을 위해 직접 사회참여적인 시를 쓰고자 했던 시인의 생각을 드러낸다.

1907년, 6월 14일 프로방스 지방의 일 쉬르 라 소르그에서 태어남.

1925년, 마르세유 상업학교 졸업.

1927년, 님에서 군 복무.

1929년, 앙드레 카야트와 함께 잡지 『자오선』 간행. 파리에 옴.

1930년, 초현실주의 운동에 적극 가담. 초현실주의 잡지 『혁명을 위한 초현실주의』 창간에 참여.

1935~1937년, 석고갱 주식회사 경영에 참여.

1939~1945년, 알렉상드르 대장이라는 이름으로 남프랑스 지방의 항독 단체 지휘.

1946년, 『입노스의 산고』 출간. 이후 다수의 작품 집필.

1988년, 심장마비로 사망.

41
"희망의 과업",
이브 본느프와(1923~생존)

이브 본느프와Yves Bonnefoy는 1923년 6월 24일 투르Tours에서 태어나 이곳에서 중·고교를 마치고 푸아티에Poitiers 대학교에서 수학을 공부했다. 이후 파리 소르본Sorbonne 대학교에서 문학(보들레르Baudelaire 전공)과 철학(키르케고르Kierkegaard 전공)을 연구했고 이후 시카고Chicago 대학교에서 그리고 더블린Dublin 소재 트리니티 대학교Trinity College에서 박사학위를 받았다. 20대 초반부터 시작된 그의 시작활동이 이러한 연구 과정들의 중요 초석이 되었다.

그가 23세가 되던 1946년, 그 당시 프랑스의 거의 모든 예술가나 문학 작가들이 한 번쯤은 그 매력에 끌려 들어갔었던 초현실주의 운동에 그도 관심을 가지고 초현실주의 잡지 『혁명, 밤 *La Révolution la nuit*』을 간행했다. 그러나 그는 초현실주의자들이 흔히 빠지는 환상적 이미지 속에서 시를 쓰기보다는 평범한 현실에서 진리를 찾기 위해 1947년 그들을 떠났다. 초현실주의 그룹의 수장이었던 앙드레 브르통 André Breton의 간곡한 만류에도 불구하고 파리의 한 카페에서 그와의 마지막 이별이 이루어졌다. 그 후 본인만의 독자적인 영감으로 시작활동을 하다가 1966년 그는 자크 뒤팽Jacques Dupin과 앙드레 뒤부셰André du Bouchet를 만나 잡지 『에페메르 *Éphémère*』를 함께 창간하기도 했다. 이러한 활동을 하며 그는 프랑스의 여러 대학교에서, 그리고 아일랜드Irlande의 예이츠 대학교에서 시 강의를 했고, 특히 1981년부터 콜레주 드 프랑스Collège de France에서 폴 발레리Paul Valéry가 바로 이곳에서 처음 시도했던 시 기능에 대한 강의도 했다.

본느프와는 이탈리아 곳곳의 여러 박물관을 두루 다니며 많은 예술작품들을 감상하고 관찰했기 때문에 르네상스 시대부터 바로크 시대 그리고 17세기 전 시기의 이탈리아 조형예술작품에 아주 정통하다. 뿐만 아니라 그는 영어권의 셰익스피어Shakespeare와 예이츠 Yeats, 그리스어권의 세페리스Seféris 작품들 번역자로서도 널리 알려져 있고, 또 프랑스 시인들의 작품 비평에도 크게 관여하고 있다. 헤겔Hegel과 하이데거Heidegger 등 여러 철학자의 사상을 품고 사는 시인으로, 번역자로, 예술비평가로, 문학평론가로서의 그의 다양한 활동은 지금 현재도 계속되고 있다.

그의 시와 비평 그리고 번역 작품들은 1959년의 '누벨 바그Nouvelle Vague'상을 시작으로 그에게 많은 상을 안겨주었다. 『두브의 동과 부동에 대해 *Du mouvement et de l'immobilité de Douve*』(1953), 『어제는 사막을 지배하며 *Hier régnant désert*』(1958), 『쓰인 돌 *Pierre écrite*』 (1965), 『한계의 환상 속에서 *Dans le leurre du seuil*』(1975), 『빛 없이 존재했던 것 *Ce qui fut sans lumière*』(1987), 『휘어진 목판 *Les Planches courbes*』(2001), 『중심 공간, 1945, 1961 *Le Coeur-espace; 1945, 1961*』 (2001) 등이 그의 대표시집들이다. 그리고 에세이essai 또는 레시récit 형식의 작품으로 『만토바에서 꾼 꿈 *Un rêve fait à Mantoue*』(1967), 『로마 1630; 초기 바로크 양식의 조망 *Rome, 1630; l'horizon du premier baroque*』(1970), 『후배지 *L'Arrière-pays*』(1972), 『붉은 구름 *Le Nuage rouge*』(1977), 『교차로 *Rue Traversière*』(1977), 『있음직하지 않은 것

L'Improbable』(1959), 『꿈속에서의 이야기 *Récits en rêve*』(1987) 등이 있다. 이 외에 셰익스피어 작품 거의 전체에 대한 번역서들과 예이츠 시 번역서, 세페리스 작품 번역서 등이 있다.

그의 시를 본다.

> C'est l'aube. Et cette lampe a-t-elle donc fini
> Ainsi sa tâche d'espérance, main posée
> Dans le miroir embué sur la fièvre
> De celui qui veillait, ne sachant pas mourir?
>
> Mais il est vrai qu'il ne l'a pas éteinte,
> Elle brûle pour lui, malgré le ciel.
> Des mouettes crient leur âme à tes vitres givrées,
> Ô dormeur des matins, barque d'un autre fleuve.
>
> ('La tâche d'espérance', *Ce qui fut sans lumière*)

> 새벽이다. 이 램프는 그래 끝났단 말인가,
> 이렇게 그 희망의 과업이 밤샘했던 이의
> 열기로 김이 서린 거울 속에
> 손을 놓은 채 소멸될 수 없는데도?
>
> 하지만 사실 그는 램프를 끄지 않았다
> 하늘이 밝아옴에도 그를 위해 불이 켜져 있으니.
> 갈매기들이 그대의 성에 낀 유리창에 영혼의 말을 목청 높여 외친다.
> 오 다른 쪽 강의 나룻배, 아침 잠꾸러기여.
>
> (「희망의 과업」, 『빛 없이 존재했던 것』)

위의 시는 "여명"의 순간 아직도 계속되어야 하는 어쩌면 글쓰기 작업의 한 장면을 표현하는 듯하다. 본느프와에게서 시는 궁극적으로 '삶의 지혜'를 통해 불편한 인간생존의 조건을 극복하기 위한 "희망의 과업"을 완수하는 데 있다. 이때 존재하는 모든 삶의 유형에 긍정의 힘을 줄 수 있는 "희망"은 저 멀리에 있지 않고 언제나 '지금 여기서ici et maintenant' 곧장 느낄 수 있는 바로 가까이에 있다. "꺼지려고 하는 램프"의 미약한 "불빛" 아래서도 아직 식힐 수 없는 지금 이 순간의 창작의 "열기"가 바로 개념적이지 않은 단순함을 통해 모든 존재하는 생명에 그 자신만의 '현존성présence'을 확립하게 하여 행복한 생을 살도록 "목청 높여 외치는 희망의 갈매기"가 될 것이다. [참조: 『이브 본느프와의 시학』, 이신자 지음]

작가 약력:

1923년, 6월 24일 투르에서 출생.
1942년, 푸아티에 대학교 학부과정에서 수학 전공.
1946년, 초현실주의 운동에 가담. 초현실주의 잡지 『혁명, 밤』 창간.
1947년, 초현실주의 그룹 탈퇴. 소르본 대학교 석사과정에서 문학과 철학 연구.
1949년, 이탈리아 여행.
1959년, '누벨 바그'상 수상. 이후 여러 문학상 수상.
1966년, 뒤팽과 뒤 부셰와 함께 잡지 『에페메르』 공동 창간.
1979~1981년, 엑스 앙 프로방스 대학교의 객원교수.
1981년, 아카데미 프랑세즈 상 수상. 콜레주 드 프랑스에 시학 강의 교수로 임명됨.
1988년, 시카고 대학교에서 박사학위 취득.
1992년, 더블린의 트리니티 대학교에서 박사학위 취득.
1993년, 콜레주 드 프랑스 은퇴.
2001년, 시집 『휘어진 목판』 출간. 이 외에도 다수의 작품 집필·간행.
2007년, 카프카상 수상.
2011년, 스위스 여류시인·화가 피에레트 미셸루상 대상받음.
2012년, 현재 왕성하게 창작에 전념하고 있음.

42
말로, 침묵으로 말하는 시인, 앙드레 뒤 부셰(1924~2001)

앙드레 뒤 부셰André du Bouchet는 1924년 3월 7일 파리에서 태어나 제2차 세계대전 초까지 프랑스에서 살았다. 전쟁 때문에 가족과 함께 미국으로 가 그곳에서 청소년기를 보냈다. 매사추세츠Massachusetts 주 명문 애머스트 대학교Amherst College와 하버드 대학교Havard University에서 공부한 후에는 영어 선생이 그의 잠시 동안의 직업이었다. 1940년대 말 프랑스에 돌아와 그는 시인으로, 번역가로 활동했고, 니콜라 푸생Nicolas Poussin, 알베르토 쟈코메티Alberto Giacometti, 브람 반 벨데Bram van Velde 등 화가들의 작품을 분석하는 예술비평가로도 활약했다. 그는 또 여러 다양한 문예잡지들을 발행했고, 특히 마그 재단Fondation Maeght이 1972년까지 발행한 잡지 『에페메르 *Éphémère*』의 중심 작가가 되어 뒤팽Dupin과 본느프와Bonnefoy와도 활동을 했다. 1983년 시 부문에서 국가 대상Grand Prix national을 받을 정도로 그는 명성 있는 시인이었다. 남프랑스 론Rhone 근처 아르데슈Ardèche에 은퇴해 있을 때에도 문단에서의 그의 영향력은 높았고 이는 그가 2001년 4월 19일 드롬Drôme 도의 한 읍 트뤼나Truinas에서 사망할 때까지 계속되었다.

그의 시는 스테판 말라르메Stéphane Mallarmé와 르네 샤르René Char의 작품들 그리고 피에르 르베르디Pierre Reverdy 초창기 때의 작품들을 조금씩 상기시키는 것으로 알려졌다. 시집들로『대기 *Air*』(1951),『공허한 열기에 휩싸여 *Dans la chaleur vacante*』(1961),『태양은 어디에 *Où le soleil*』(1968),『우리에게로 돌아서지 않는 자 *Qui n'est pas tourné vers nous*』(1972),『오늘의 횔덜린 *Hölderlin aujourd'hui*』(1976) 등이 있다.

그의 시 한 편을 소개한다.

En pleine terre
les portes labourées portant air et fruits
ressac
blé d'orage
sec
le moyeu brûle
je dois lutter contre mon propre bruit
la force de la plaine
que je brasse
et qui grandit
tout à coup un arbre rit
comme la route que mes pas enflamment
comme le couchant durement branché
comme le moteur rouge du vent
que j'ai mis à nu.

('En pleine terre', Dans la chaleur vacante)

대지 한가운데
바람 품어 열매 맺는 이랑이 진 협곡들
모래톱에 부딪쳐 되밀려오는 파도
비를 동반하지 않은
밀밭 바람
수레바퀴 중심이 불탄다
바로 내 자신이 만든 소음
내가 손으로 돌려
커져가는
평원의 저항력과 난 싸워야 한다
돌연 한 그루 나무가 웃는다
내 발걸음으로 불타오르는 도로처럼
엄히 켜진 저녁노을처럼
내가 벗겨버린
붉은빛 바람 엔진처럼.

(「대지 한가운데」, 『공허한 열기에 휩싸여』)

위의 시에서, 3행과 5행은 각각 "ressac"과 "sec"이라는 한 낱말로만 이루어져 시행들 뒤에 많은 여백이 있고, 또 길고 짧은 시행들이 교차되고 있어 시행들 끝 여백의 길이가 고르지 못하다. 이러한 방식의 빈 공간 배치로 해서 시는 주체의 목소리와 그 의미가 간헐적으로 이어지는 듯한 인상을 준다. 이는 곧 뒤 부셰에게서 시를 쓴다는 것은 몸의 움직임으로, 그리고 글쓰기를 통해 말해지는 말과 침묵의 말을 번갈아 하며 마치 "공허한 열기에 휩싸이듯" 빈 공간을 그리고 채워진 공간을 모두 동시에 통과함을 뜻한다.

뒤 부셰는 말라르메만큼이나 시의 형식이 가져오는 효과를 중시하여 하얀 종이 위에 놓이는 글자들의 배치 형식에 그렇게 민감하다.

작가 약력:

1924년, 3월 7일 파리에서 태어남.
1939년경, 제2차 세계대전 발발로 가족을 따라 미국으로 감.
　　　　　매사추세츠의 애머스트 대학교와 하버드 대학교 졸업.
　　　　　잠시 영어 교사를 함.
1940년대 말, 프랑스로 돌아옴. 작품 활동 시작.
　　　　　이후 잡지 『에페메르』의 주역으로 활동.
1983년, 시 부문 국가대상 수상.
2001년, 4월 19일 드롬 도의 트뤼나에서 사망.

43
허무한 현실세계 관조,
필립 자코테(1925~생존)

필립 자코테Philippe Jaccottet는 1925년 6월 30일 스위스Suisse의 보Vaud 주에 속하는 무동Moudon에서 태어나 로잔Lausanne 대학교를 마쳤다. 1946년 이탈리아 여행을 하던 중 일생에 깊은 우정관계를 맺게 될 시인 웅가레티Ungaretti를 만났고, 같은 해 파리에 정착해 1953년까지 메르모Mermod 출판사에 근무했다. 1953년에 그는 또 스위스 여류화가 안 마리 헤슬러Anne-Marie Haesler와 결혼했고 이후부터 프랑스 드롬Drôme 도의 그리냥Grignan에 머물며 작품 활동에 전념하고 있다.

15살 때 벌써 그의 부모에게 시집 『검은 불꽃 *Flammes noires*』(1940)을 바칠 정도로 시 쓰기에 대한 흥미가 대단했었다고 한다. 그래서 대학시절 문학과 그리스어, 독일어를 공부한 후 그는 프랑스어로 글을 쓰는 시인, 비평가가 되었고 그리고 호메로스Homère와 횔덜린Hölderlin, 릴케Rilke 등의 번역가로서도 현재 큰 역할을 하고 있다. 1958년 '보 주의 작가상Prix des écrivains vaudois'을 시작으로 2003년 '시 부문 공쿠르상Prix Goncourt de la poésie', 2010년 '쉴러 대상Grand Prix Schiller', 2011년 '기유빅상Prix Guillevic' 등 지금까지 많은 문학상이 그에게 수여되었다.

그의 많은 작품 중 특히 유명한 시집들로『진혼곡 *Requiem*』(1947), 『올빼미 *L'Effraie*』(1953),『무지한 자 *L'Ignorant*』(1958),『노래 *Airs*』(1967),『구름 속 명상 *Pensées sous les nuages*』(1983) 이 있고, 또『올빼미』등 여러 시집의 시가 통합 수록된『시 1946~1967 *Poésie 1946~1967*』(1971)이 있다. 이 외에 산문집으로『부재의 형상을 지닌 풍경 *Paysages avec figures absentes*』(1970)이 있고, 1954년부터 1979년까지의 비망 수첩『파종 *La Semaison*』(1984)도 있다.

그의 시 한 편을 본다.

La nuit est une grande cité endormie
où le vent souffle…… Il est venu de loin jusqu'à
l'asile de ce lit. C'est la minuit de juin.
Tu dors, on m'a mené sur ces bords infinis,
le vent secoue le noisetier. Vient cet appel
qui se rapproche et se retire, on jurerait
une lueur fuyant à travers bois, ou bien
les ombres qui tournoient, dit-on, dans les enfers.
(Cet appel dans la nuit d'été, combien de choses
j'en pourrais dire, et de tes yeux……) Mais ce n'est que
l'oiseau nommé l'effraie, qui nous appelle au fond
de ces bois de banlieue. Et déjà notre odeur
est celle de la pourriture au petit jour,
déjà sous notre peau si chaude perce l'os,
tandis que sombrent les étoiles au coin des rues.

('L'Effraie', *Poésie 1946~1967*)

밤은 바람만이 부는

정지된 대도시…… 바람은 멀리서

이 안식의 침상에까지 왔다. 유월 한밤중.

그대는 잠들고, 누군가는 날 한없이 펼쳐지는 이 기슭에 데려왔지.

바람이 개암나무를 뒤흔든다. 가까이 다가와

물러가버리는 이 부르는 소리. 숲 사이로

아득히 멀어져가는 희미한 빛, 혹은

황천에서 맴돈다는 망령들인 듯.

(여름밤의 이 부름, 얼마나 많은 사물을

그리고 그대의 눈길을 내가 표현할 수 있을지……) 하지만 그건

이 교외 숲 골짜기에서 우릴 부르는

올빼미라는 새일 뿐. 그리고 벌써 우리의 향기는

동틀 무렵 부패한 냄새 되고

그토록 따뜻했던 우리의 몸도 이미 뼈만 남아 있다.

별들은 길모퉁이에서 으스름 지고 있는데.

(「올빼미」, 『시 1946~1967』)

위의 시에 표현되는 "올빼미"는 원래 밤에 활동하는 새이기 때문에 유럽 전통에서 죽음의 사자로 알려져 있다. 실제로 시 주체인 "나"는 "올빼미"의 이미지를 통해 황천에서 맴도는 망령들의 밤, 즉 어둠 자체인 죽음의 문제를 절박하게 인식한다. 해결될 수 없는 이 문제에 직면한 "나"는 이에 반항하기보다 "개암나무"나 "올빼미" 등 주변의 물질세계를 서정적인 시각으로 바라보며 그 법칙에 순응하고 있다. "뼈만 앙상하게 남는" 인간 존재의 허망한 세계를 시는 과장하지 않고 오히려 단순하게 그리고 조심스럽게 살피며 별들의 세계 저편 너머에 있는 초월적인 어떤 암영의 실체를 보려 한

235

다. 환상을 쫓거나 형이상학적인 탐구를 목적으로 하지 않고 시는 오직 순간순간 허무하게 사라져가는 인간의 감각적인 현실세계를 곧바로 붙잡는 데 주력하기 때문에 각운의 일치나 모든 정형적인 형식을 배제하며 자유롭게 그러면서도 비교적 군더더기 없이 간단 명료하게 이미지를 표출하고 있다.

자코테의 시는 그처럼 간결하면서도 독일 시인들 횔덜린이나 릴케 등에게서 영감을 받은 듯 존재의 깊은 본질을 다루는 육중한 면을 보여주고 있어 그의 시혼의 오묘함을 짐작케 한다.

작가 약력:

1925년, 6월 30일 스위스의 무동에서 출생.
1933년, 가족과 함께 로잔에 정착. 이후 로잔 대학교 졸업.
1940년, 자작시집 『검은 불꽃』을 부모에게 헌정.
1946년, 이탈리아 여행. 파리에 정착하여 메르모 출판사 근무 시작.
1953년, 메르모 출판사에서 나옴. 스위스 여류화가 안 마리 헤슬러와 결혼.
1956년, 랑베르상 수상.
1958년, 스위스의 보 주가 주는 작가상 수상.
2003년, 시 부문에서 공쿠르상 수상.
2010년, 쉴러 대상 수상.
2011년, 기유빅상 수상.
2012년, 현재 프랑스에서 작품 활동 계속.

작가들의 작품 활동과 작품들 그 자체를 실제로 살펴본다는 것은 그들 각자의 문학인으로서의 삶의 여정을 엿보는 계기도 된다. 한 인간으로 살며 진지한 마음으로 심혈을 기울여 쓴 그들의 작품, 곧 그들의 인생 노정 앞에 조심스레 다가가 독자는 "정신의 양식이 되는 것"을 받아 섭취할 수 있다. 하지만 자신이 아는 것만큼만 생각할 수 있기 때문에 그들 작품의 진수를 얼마나 체득하는지는 독자 자신도 잘 모른다. 아무튼 필자에게 시인들 작품에 대한 독서에 신중한 의미를 부여하도록 하는 글이 있어 이를 이 책의 마치는 글로 대신하려 한다.

당신은 병마개 따개로 병을 따려고 한 적이 한 번도 없었습니까? 빌어먹을! 당신이 취했던 태도를 기억해보세요. 그리고 골수가 든 뼈를 마주 대하고 있는 개를 본 적이 없었나요? 플라톤이 『공화국』 2권에서 말하고 있듯이, 개는 세상에서 가장 철학적인 짐승이에요. 그중의 한 마리를 보았다면, 당신은 그 개가 얼마나 숭배하는 마음으로 자기 앞에 놓인 뼈를 살펴보고, 얼마나 세심한 주의를 해서 그것을 지키고, 얼마나 열성적으로 그것을 꼭 잡고, 얼마나 신중하게 그것에 타격을 가하고, 얼마나 강한 집착으로 그것을 부수고, 또 얼마나 민첩하게 그것을 빨아 먹는지 알 수 있었을 것입니다. 어떤 본능이 개를 몰고 가는 것일까요? 개는 자기 일에 대해 무엇을 기대하고, 어떤 성과를 바랄까요? 아무 것도 바라지 않죠. 단지 약간의 골수만을 원하지요. 사실 이 약간 의 골수가 많은 양의 아주 다른 어떤 것보다 더 맛이 있습니다. 갈레노스가 『자연의 힘』 3권과 『신체의 각 부분별 기능』 11권에 서 말한 바와 같이, 골수는 자연의 완벽한 힘으로 공들여 만들어 진 음식물이기 때문입니다.

그런 개를 본떠, 당신도 총명해져서 경쾌하게 탐구하고 대담하 게 논박하는 양질의 그런 훌륭한 책들의 냄새를 맡고 느끼며 평 가하는 것이 좋습니다. 그다음에 당신은 주의 깊은 독서를 통해 서 또 자주 명상을 하며, 이런 독서에 따라 사려 깊고 고결하게 된다는 확고한 희망을 가지고서 뼈를 부수고 본질적인 골수(말하 자면, 피타고라스식의 이런 상징들을 통해 내가 말하는 것)를 빨 아 먹어야 합니다. 당신은 여기서 보다 섬세한 어떤 안목과 숨겨 진 어떤 철학을 발견할 것입니다. 이 철학은 정치상황과 개인의 자산 관리에 관해서와 마찬가지로 우리 종교에 관련되는 것에서 도 아주 고귀한 비밀들과 소름 끼칠 정도의 신비한 세계들을 당 신에게 보여줄 것입니다.

(「작품의 진수」, 『가르강튀아』)

N'avez-vous jamais attaqué une bouteille au tire-bouchon? Nom d'un chien! Rappelez-vous la contenance que vous aviez. Et n'avez-vous jamais vu un chien rencontrant un os à moelle? C'est, comme dit Platon au livre II de *la République*, la bête la plus philosophe du monde. Si vous en avez vu un, vous avez pu remarquer avec quelle dévotion il guette son os, avec quel soin il le garde, avec quelle ferveur il le tient, avec quelles précautions il l'entame, avec quelle passion il le brise, avec quelle diligence il le suce. Quel instinct le pousse? Qu'espère-t-il de son travail, à quel fruit prétend-il? À rien, qu'à un peu de moelle. Il est vrai que ce peu est plus délicieux que le beaucoup de toute autre

chose, parce que la moelle est un aliment élaboré à force de
perfection naturelle, ainsi que le dit Galien au livre III des
Facultés naturelles et au livre XI de l'*Usage des parties du
corps*.

À l'instar de ce chien, il convient que vous soyez sagaces
pour humer, sentir et apprécier ces beaux livres de haute graisse,
légers à la poursuite et hardis à l'attaque, puis il vous faut, par
une lecture attentive et de fréquentes méditations, rompre l'os
et sucer la substantifique moelle (c'est-à-dire ce que je représente
par ces symboles pythagoriques) avec le ferme espoir de devenir
avisés et vertueux au gré de cette lecture: vous y trouverez un
goût plus subtil et une philosophie cachée qui vous révèlera de
très hauts arcanes et d'horrifiques mystères tant pour ce qui
concerne notre religion que pour ce qui est de la conjoncture
politique et de la gestion des affaires.

('La substantifique moelle', Gargantua)

위의 글은 프랑수아 라블레François Rabelais(1495?~1553)의 소설
『가르강튀아』(1534년 또는 1535년 작)의 머리말 내용이다. 여기서
보면, 인간이 음식을 먹고 산다는 것은 탐구되어야 할 아주 중요한
문제다. 그런데 생명을 유지하기 위한 인간의 가장 기본적인 이 자
연행위를 개가 뼈의 골수를 빨아 먹는 행위와 비교하면서 독서란
어떻게 해야 하는지도 말하고 있다. 플라톤과 갈레노스가 각각 개
와 골수에 대해 한 말들을 언급하면서 독자들에게 독서방법을 제시
할 뿐만 아니라 또한 삶의 참된 의미도 깨닫게 하는 교훈을 준다.
다시 말하면, 음식물 앞에서의 개의 거동을 보여주며 종교적이고
심오한 인생철학을 독자들에게 터득하게 하려는 교육적인 생각이

드러난다. 특히 개의 그런 행동 묘사는 독자들의 입가에 미소를 띠게 할 수도 있을 것이고, 그래서 가장 인본주의적인 교훈들이 익살스러운 웃음과 함께 전달되는 듯하다. "웃음은 인간의 속성"이라는 작가의 생각을 떠올리며 외국 시문학을 탐구해야 할 새로운 이유를 찾아내야 하지 않을까 한다.

참고문헌

Astre, Marie-Louise, et Colmez, Françoise, *Poésie française*, anthologie critique, Paris, Bordas, 1982.

Bonnefoy, Claude, *La Poésie française(des origines à nos jours)*, anthologie, Paris, Editions du Seuil, 1975.

Castex, P. G., et Surer, P., *Manuel des études littéraires françaises(XIXe siècle)*, Paris, Hachette, 1966.

_______________________, *Manuel des études littéraires françaises(XXe siècle)*, Paris, Hachette, 1967.

Chevaillier, J.-R., et Audiat, P., *Les Textes français, XVIe siècle*, Paris, Hachette, 1927.

Clancier, Georges-Emmanuel, *De Rimbaud au surréalisme*, Paris, Seghers, 1959.

Jasinski, René, *Histoire de la littérature française*, tome I, Paris, A.G. Nizet, 1965.

_______________, *Histoire de la littérature française*, tome II, Paris, A.G. Nizet, 1965.

La littérature française, XIe-XVIe siècles, anthologie, collection dirigée par Robert Horville, Paris, Larousse, 1994.

_______________________, *XVIIe siècle*, anthologie, collection dirigée par Robert Horville, Paris, Larousse, 1994.

_______________________, *XVIIIe siècle*, anthologie, collection dirigée par Robert Horville, Paris, Larousse, 1994.

Lalou, René, *Les Étapes de la poésie française*, Paris, PUF, 'Que sais-je?', 1955.

Lemaitre, Henri, *La Poésie depuis Baudelaire*, Paris, Armand Colin, 1965.

Manuel d'histoire littéraire de la France, tome II(1600-1715), par un collectif, sous la direction de Pierre Abraham et Roland Desné, Paris, Editions sociales, 1966.

_________________________________, tome III(1715-1789), par un collectif, sous la direction de Pierre Abraham, et Roland Desné, Paris, Editions sociales, 1975.

____, tome IV(1789-1848, deuxième partie), par un collectif, sous la direction de Pierre Abraham et Roland Desné, Paris, Editions sociales, 1973.

____, tome V(1848-1917), collection dirigée par Pierre Abraham et Roland Desné, Paris, Editions sociales, 1977.

Richard, Jean-Pierre, *Poésie et profondeur*, Paris, Editions du Seuil, 1955.

Rincé, Dominique, *La Poésie française du XIXe siècle*, Paris, PUF, 'Que sais-je?', 1977.

Rousselot, Jean, *Histoire de la poésie française(des origines à 1940)*, Paris, PUF, 1976.

Sabatier, Robert, *Histoire de la poésie française; La poésie du seizième siècle*, Paris, Albin Michel, 1975.

_______________, *Histoire de la poésie française; La poésie du dix-huitième siècle*, Paris, Albin Michel, 1975.

_______________, *Histoire de la poésie française; La poésie du dix-neuvième siècle(1-Les romantismes)*, Paris, Albin Michel, 1977.

김붕구, 박은수, 오현우, 김치수, 『새로운 프랑스 문학사』, 서울, 일조각, 1983.

랑송, G./뤼프로, P., 『랑송 불문학사』 상, 정기수 옮김, 서울, 을유문화사, 1983.

_______________, 『랑송 불문학사』 하, 정기수 옮김, 서울, 을유문화사, 1983.

민희식, 『프랑스 문학사』, 서울, 이화여자대학교 출판부, 1976.

송면, 『프랑스 문학사』, 서울, 일지사, 1971.

이준섭, 『프랑스 문학사』 I, 서울, 세손출판사, 1993.

_______, 『프랑스 문학사』 II, 서울, 세손출판사, 2002.

이신자

성균관대학교 불어불문학과를 졸업했고, 현대 불문학 시 전공으로 프랑스 리모즈대학교에서 석사학위를, 프랑스 파리8대학교에서 박사학위를 받았다.
석사논문과 박사논문(「이브 본느프와의 시학에서 예술」)을 위해서는 지금 현재 왕성하게 창작활동에 전념하고 있는 시인 이브 본느프와의 전 작품을 연구했다.
현재 성균관대학교에서 강의를 하며 시학과 예술의 관계에 관한 연구를 하고 있다.

주요 저서로 『이브 본느프와의 시학』과 번역서 *La Corée; hier et aujourd'hui*(공저)가 있고, 논문으로 「프랑스 시와 한국에서의 교육문제」, 「프랑스어 초보자들을 위한 프랑스 시 교육의 실제」, 「셍고르와 세제르의 시에 나타나는 프랑스 언어의 정체성과 피식민국 민족문학의 정체성 - 『시집』과 『귀향수첩』을 중심으로」 등이 있다.

프랑스 시
43 작가와의 만남

초 판 인 쇄 | 2012년 9월 3일
초 판 발 행 | 2012년 9월 3일

지 은 이 | 이신자
펴 낸 이 | 채종준
펴 낸 곳 | 한국학술정보㈜
주   소 | 경기도 파주시 문발동 파주출판문화정보산업단지 513-5
전   화 | 031) 908-3181(대표)
팩   스 | 031) 908-3189
홈 페 이 지 | http://ebook.kstudy.com
E - m a i l | 출판사업부 publish@kstudy.com
등   록 | 제일산-115호(2000. 6. 19)

ISBN   978-89-268-3709-2 93860 (Paper Book)
                978-89-268-3710-8 95860 (e-Book)